MITOS Y LEYENDAS

DEL NORTE

DE MÉXICO

HOMERO ADAME

CONTENIDO

SAN LUIS POTOSÍ

ZACATECAS

NOROESTE

BAJA CALIFORNIA

BAJA CALIFORNIA SUR

Presentación

Tanto el MITO como la LEYENDA son formas narrativas que se inscriben en el ámbito del relato folklórico o popular. Ambos conceptos nos ayudan a la construcción de nuestra realidad y nuestra percepción del mundo; nos ayudan a entender conceptos divinos, naturales, humanos o sociales, pero lo hacen de maneras diferentes y con propósitos específicos y, en ambos casos, se concentran en uno o en pocos personajes, empleando un lenguaje informal y, en ocasiones, ingenuo.

Antes de proceder con un breve análisis de cada género, según su respectiva clasificación, es primordial referirse a la historia como ciencia social y disciplina de divulgación. La historia se encarga de documentar hechos y acontecimientos que han transcurrido en un determinado contexto temporal, espacial o cultural. Como ciencia social, la historia se distingue por su rigor, aportando fechas, datos y referencias que sustentan sus explicaciones y, además, utiliza un lenguaje literal, sin rebuscamientos o alegorías. Esto contrasta con el MITO, el cual enriquece tanto a la LEYENDA como al relato folklórico o cuento popular a través de su lenguaje alegórico y pletórico de fantasía y, además, se toma la libertad de incluir elementos históricos, sean éstos comprobados o no.

En el ámbito de los estudios culturales y literarios, es fundamental distinguir entre los conceptos de MITO y LEYENDA, ya que ambos representan formas narrativas que, aunque comparten ciertas similitudes, poseen características distintivas que los diferencian claramente.

El MITO es una narración que aborda cuestiones fundamentales sobre el universo y su conexión con el mundo y el origen de éste, de la creación, la existencia y aspectos esenciales de la condición humana, de la cultura de una sociedad, las creencias religiosas. En su narrativa involucra a dioses, fuerzas cósmicas, seres sobrenaturales, héroes suprahumanos y se identifica por su carácter sagrado y su función de explicar los orígenes de las cosas. Asimismo, los MITOS son atemporales, es decir, se sitúan en un pasado indeterminado (*in illo tempore*) fuera de cualquier contexto histórico concreto o documentado. Un ejemplo es el MITO griego de Prometeo que explica no sólo el origen del fuego, sino que también aborda el tema de la rebelión contra la autoridad divina y las consecuencias de tal acto. Y para añadir al ejemplo, en México tenemos al tlacuache como un héroe cultural que rompió las leyes divinas robando el fuego a los dioses para traerlo a los humanos.

La finalidad del MITO radica en clarificar aspectos que suelen estar más allá de los límites de la ciencia o de la historia misma. Por ello puede concebirse como una "ciencia" de una era pre-científica o, en otras palabras, como "documentos vivientes de la prehistoria". Así, los MITOS abordan cuestiones relacionadas con:

- La existencia de un dios que puede ser omnipresente o ausente, dependiendo de la cosmovisión de cada grupo cultural;
- El origen del universo y de los cuerpos celestes: por ejemplo, cómo y quién creó al Sol, a la Luna, a la Tierra, o la razón por la que algunas constelaciones presentan formas que nos resultan familiares;
- Las deidades: quiénes son, cuáles son sus características y cómo se relacionan con la naturaleza o con los seres humanos;
- Los fenómenos naturales: por ejemplo, el significado de los huracanes o la causa de los rayos durante las tormentas;
- Lugares simbólicos que sirven como puntos de referencia: el origen de un río, la silueta peculiar de una montaña o cualquier accidente geográfico o rasgo del

paisaje que la comunidad interpreta como parte de su historia;

- Las plantas: por ejemplo, las propiedades medicinales o mágicas de algunas de ellas, como el peyote o el toloache, siempre y cuando en la narración se incluyan situaciones divinas y/o rituales;
- Los animales: por ejemplo, por qué algunos presentan cualidades muy particulares como es la visión nocturna del tecolote y la creencia de que es muy "sabio" o los animales que son heraldos;
- La creación del ser humano: por qué ciertas razas presentan características distintivas en comparación con otras;
- Los rituales y las ceremonias: por ejemplo, cómo empezaron y por qué se siguen ejecutando. Esto incluye algunos aspectos del folklore, así como ciertos asuntos relacionados con la religión.

Es imperativo señalar que no todos los relatos que intentan explicar los orígenes de algo son clasificados como MITOS. Para que sean considerados como tal deben incluir un antecedente divino, es decir, con un dios como protagonista principal o, mínimo, con deidades o seres celestiales como protagonistas primarios o secundarios. En ausencia de tales elementos, la narrativa se toma como LEYENDA o relato folklórico (cuento popular). Es pertinente enfatizar que los MITOS, aunque involucran dioses y deidades, no necesariamente forman parte integral de una religión; más bien, la religión se nutre de los MITOS para abordar aspectos más universales.

La LEYENDA, por su parte, es una narración que puede contener elementos sobrenaturales o fantásticos, pero suele estar vinculada a un contexto histórico o geográfico concreto y tiene como punto de partida eventos o lugares específicos, así como personajes ficticios o históricos, aunque sus proezas estén embellecidas o ficcionalizadas, y de tal modo logran su objetivo de transmitir valores morales o culturales.

La LEYENDA tiene sus raíces en la tradición cristiana cuando durante los servicios religiosos o las reuniones sociales, los frailes relataban en voz alta las vidas y obras de santos o mártires. Con el transcurso del tiempo, el concepto de LEYENDA evolucionó, nutriéndose de elementos mitológicos y así transformarse en relatos folklóricos, dramatizados, acerca de un lugar específico o un incidente que ocurrió en un contexto temporal determinado, o bien, acerca de eventos reales o fantásticos protagonizados por un héroe humano conocido como héroe cultural o héroe popular. Estos hechos son tomados como verídicos tanto por los narradores como por los oyentes.

Cuando una LEYENDA de tanto contarse se consolida en el acervo folklórico de una comunidad, ésta la asume como parte de su patrimonio cultural, vinculado íntimamente a un pueblo concreto, un país o una religión. No obstante, la LEYENDA también puede ser considerada como parte del patrimonio cultural de la humanidad cuando hace referencia a eventos comunes en varias culturas, tales como las historias de gigantes, la lechuza como ave de mal agüero, los espíritus de ultratumba, el efecto negativo de los eclipses y muchos ejemplos más.

Si bien la LEYENDA se sitúa en un espacio específico y/o en un período temporal concreto, y se basa en hechos reales, idealizados o dramatizados, se distingue de la historia propiamente dicha tanto en el énfasis narrativo como en su objetivo, que a menudo es didáctico o nacionalista, de fomentar la confianza entre los pueblos en épocas de adversidad.

A la luz de la vasta riqueza cultural y la diversidad étnica, las regiones del norte de México atesoran un sinnúmero de relatos que abarcan casi todo el espectro de la mitología y el folklore universal como los incluidos en los sistemas de clasificación mitológica o del folklore Salustio o el Aarne-Thompson-Uther. Tales relatos no se limitan a narrar meras historias de apariciones fantasmales, ruidos misteriosos, castigos divinos, tesoros ocultos, cuevas encantadas, pasajes subterráneos, milagros de santos o apariciones marianas, ni a explicaciones sobre la creación del mundo, de los animales, del ser humano o las creencias relacionadas con el clima y los fenómenos naturales.

Son mucho más que eso: las LEYENDAS de esta región mexicana incorporan arquetipos de teofanías y hierofanías, explican el pensamiento mágico-religioso y las supersticiones, se ubican en el tiempo mítico, el profano o el sagrado, recrean paradojas temporales, narran las hazañas de personajes heroicos, sean humanos o animales, las virtudes de las plantas mágicas, situando así a los diferentes estados del norte de México en el contexto de la mitología universal.

La mayoría de los relatos seleccionados para este libro, muchos de los cuales preservan el lenguaje vernáculo y la voz particular de cada narrador, reflejan la diversidad en el uso del idioma español en las microrregiones de México. Tales relatos no son exclusivos de una entidad federativa o de una ciudad en particular; muchos han sido contados en diversas localidades alrededor del mundo, aunque con variaciones en el contenido y en los contextos geográficos. La mitología y la tradición oral son de carácter universal, aunque en muchos casos pueden ser nacionales, regionales o locales. Por ejemplo, las historias sobre brujos o sobre seres que se convirtieron en cerros por castigo divino o por decisión propia se cuentan en cualquier parte del planeta; historias como las de la Llorona o las de naguales son comunes en todo México; las del Chan o de la astucia de los coyotes se cuentan en algunas partes del país; las relativas al Jergas o las que hablan de montañas de plata u oro se cuentan en centros mineros de la república; las de Agapito Treviño, en ciertos municipios de Nuevo León; las del palo fierro, en varias localidades de Sonora, y las del coromuel se cuentan exclusivamente en La Paz, Baja California Sur.

Espero que este libro aporte a la riqueza cultural de México vista desde la óptica de la tradición oral, que incite la imaginación de narradores para contar estas historias u otras similares, que motive a recopiladores de historias y leyendas a publicarlas para, de tal modo, dar a conocer sus versiones a más lectores y narradores.

Homero Adame
Otoño 2024

LIBROS DE LEYENDAS DEL MISMO AUTOR:

*Historias y leyendas de San Miguel de Allende / **Stories and Legends of San Miguel de Allende**. Edición bilingüe / **Bilingual Edition**. 1ra. edición: SMA, Guanajuato. 2025.

Mitos y leyendas de Nuevo León. 1ra. edición: SMA, Guanajuato. 2024.

Misterios - leyendas de San Luis Potosí. 2da. edición: SMA, Guanajuato. 2024.

Haciendas del Altiplano. Historia(s) y leyendas. Tomo I. Grandes latifundios virreinales. 2da. edición: SMA, Guanajuato. 2024.

Mitos y leyendas de huachichiles. 3ra. edición: SLP. 2026.

Creencias, mitos y leyendas de animales. 2da. Edición: SMA, Guanajuato. 2024.

Haciendas del Altiplano. Historia(s) y leyendas. Tomo II. De la Independencia a la Revolución. 2da. edición: SMA, Guanajuato. 2023.

Mitos, relatos y leyendas de todo San Luis Potosí. 2da. edición: SMA, Guanajuato. 2023.

Mitos, cuentos y leyendas de Nuevo León. Regiones Citrícola y Sur. 1ra. edición: Guadalajara, Jalisco 2022.

Leyendas de todo México. Aparecidos y fantasmas. Editorial Trillas. México. 2016.

Mitos y leyendas de todo México. Editorial Trillas. México, D.F. 2010.

CENTRO-NORTE

AGUASCALIENTES

Escultura de el Cristo roto

Foto tomada de:
https://turismo.mexplora.com/san-jose-de-gracia-aguascalientes/

El Cristo roto

San José de Gracia

Hay una leyenda de aquí del Cristo roto que cuenta de que hace muchos, muchos años, cuando habían terminado de hacer el templo llegó una mula que traía una caja en el lomo. Venía sola y se echó afuera de la puerta del templo. Unas personas vieron eso y como era temporada de lluvias, pues descargaron la caja y la metieron al templo. Cuando terminaron, la mula ya no estaba. Nunca supieron de dónde llegó esa mula, de quién era esa caja y nadie vino a reclamarla. Entonces eso es la leyenda de que llegó sola y el padre la abrió y quedó muy sorprendido con la imagen del Cristo y les avisó a sus superiores. Ellos le dijeron que si ese cargamento había llegado solo, pues que se lo quedaran en el pueblo. Eso debió haber sido un 22 de julio, yo creo, porque es cuando es la fiesta del Cristo roto.

Parece que este Cristo roto lo trajeron de España, que alguien lo había comprado en Sevilla España y lo mandaron a México por barco. Pero en Veracruz se perdió, o sea que lo habían puesto junto con otros cargamentos en las recuas y esa mula se desbalagó y se vino sola hasta San José de Gracia.

Muchos años después, cuando hicieron la presa, el pueblo viejo y el templo original quedaron sumergidos debajo del agua, pero sí sacaron las reliquias y todas las cosas importantes. La gente sacó sus pertenencias para llevarlas a las casas nuevas más arriba donde no hay peligro de inundación. Han contado que de la presa se ven luces y que se oyen ruidos de repente, que en noches sin luna se ven luces que salen del agua y entiendo que una vez vinieron unos buzos y parece que esas luces provienen del lugar donde estuvo el viejo panteón porque creo que cuando reubicaron el pueblo, no tomaron la precaución de sacar los restos y trasladarlos a un nuevo panteón. Entonces esa es la explicación de las luces, pero quién sabe si haya otras cosas inexplicables porque si la presa se hizo mucho después de la Revolución y en la época de la guerra cristera, que tambіén pegó por acá, la gente escondía sus pertenencias y sus joyitas en el suelo o hacía un hoyo en la pared de su casa y esos tesoros si no si no lo sacaron ahí siguen.

Ramiro Villanueva, comerciante

Las luces misteriosas que surgen de la nada han sido objeto de fascinación y también superstición en diversas culturas a lo largo de la historia. Existen diversos enfoques para interpretar esas luces, por ejemplo, desde puntos de vista científicos se les explica como fenómenos naturales producidos por el plasma que emite electricidad o por gases que generan destellos de luz. Por su parte, el folklore tiene otras maneras de explicarlas, asociándolas con eventos sobrenaturales o con creencias espirituales.

San José de Gracia fue fundado entre 1673 y 1675 en tierras de la hacienda del Garabato, específicamente en un sitio de ganado mayor llamado "de Martha" que estaba habitado por nativos huachichiles o caxcanes. En 1862, al pueblo se le dio el nombre de San José. La construcción de la presa Presidente Calles empezó el 30 de mayo de 1927 y se inauguró el 30 de junio de 1928, siendo la primera obra hidráulica en el país y fue ordenada por el entonces presidente Plutarco Elías Calles. En 1930, el viejo pueblo de San José quedó abandonado y muchos de sus pobladores que se negaban a irse fueron reubicados por orden gubernamental. Ese mismo año, por decreto estatal quedó suprimida la cabecera municipal siendo decretada nuevamente en 1934 y confirmada como municipio hasta 1953. Por sus muchos atractivos naturales y turismo de aventura, fue inscrito en el programa federal de Pueblos Mágicos en 2015.

Juan Chávez

Aguascalientes

Yo creo que cuando hablan de tesoros y de bandidos acá en Aguascalientes, todas las leyendas terminan por hablar de Juan Chávez. Este señor entiendo que hasta fue gobernador del Estado, pero cayó de la gracia porque era afín a los franceses antes del imperio de Maximiliano; cayó de la gracia y lo destituyeron del puesto de gobernador y parece que también el gobierno de Juárez le quitó sus tierras, sus riquezas, sus pertenencias y eso lo hizo un hombre muy amargado y vengativo. Entonces cuentan que este señor Juan Chávez se dedicó a robar y que formó una gavilla de asaltantes y, como bien conocía los caminos y conocía todo el asunto de dónde estaban los puestos de vigilancia y demás, entonces él pues sabía cuáles eran las mejores maneras y las mejores horas para asaltar las diligencias y, también, las mejores maneras para escaparse sin que lo pescaran los policías. Pero también a lo mejor, esto lo digo yo y no sé si sea cierto, a lo mejor algunos policías estaban de acuerdo con él. El asunto es que Juan Chávez robaba las diligencias con su gavilla y escondían los botines en los cerros, que es la salida rumbo a Calvillo, por ejemplo, en el cerro del Muerto porque dicen que allá hay muchos lugares donde se han visto llamaradas, donde se oyen ruidos como de cadenas que se arrastran, se han visto apariciones y todas esas cosas que luego dicen que son cosas de los tesoros. Y mire que mucha gente ha ido a buscar con aparatos y con variteros y con médiums y cuanta cosa, y que yo sepa sí han encontrado cosas, o sea que una cajita, que una morralito con una monedas viejas, que rifles antiguos y cosas así, pero el tesoro grande, grande que dicen escondió este señor la verdad no, que yo sepa nunca se ha contado que alguien lo haya encontrado, si acaso lo enterró por el lado del de la loma del Muerto porque esta gavilla tenía muchos escondites y quien quite a lo mejor se iban por el rumbo de Zacatecas o para el rumbo de Ciénega de Mata, vaya usted a saber, porque igualmente tenían varios escondites, varias guaridas para esconder los dineros.

Cuentan también de que Juan Chávez se hizo muy desconfiado hasta de la gente de su propia gavilla y que cuando iba a enterrar algún cargamento, un botín muy grande, decía: "A ver, muchachos, tú te quedas aquí y tú te quedas allá y ustedes dos más allá y tú vente conmigo, tú me vas a ayudar a esconder esto". Entonces esa persona iba con Juan Chávez y era el que escarbaba y Juan Chávez lo mataba y lo enterraba junto con el tesoro y cuando regresaba y sus compañeros preguntaban que dónde quedó fulano de tal, Juan Chávez les decía: "luego viene. Es que lo mandé hacer una diligencia acá rumbo a tal parte" y así se las gastaba este señor. Entonces, pues es lo de las leyendas más conocidas de Aguascalientes y también platican de él en otros rumbos porque hasta allá llegó a esconder sus tesoros.

Susana Guadalupe González, comerciante

En la tradición oral mexicana encontramos innumerables ejemplos de leyendas y relatos sobre ladrones, gavilleros y tesoros escondidos; historias que reflejan las realidades sociales y culturales en distintas etapas del país. Mucha de esta narrativa oral está ambientada en tiempos de la Revolución o de alguna guerra cuando el bandolerismo era parte de la anarquía imperante, y en ella destaca la figura del ladrón que es un antihéroe a la vez que un héroe popular (no necesariamente un héroe cultural). Tales historias integran arquetipos como son los bandidos, los tesoros escondidos en sitios remotos y secretos y, en ocasiones, la traición por desconfianza o también la suerte; la traición de asesinar a quien ayuda a enterrar el tesoro para que no revele el secreto y, además, su ánima quede en vigilia, o la suerte de quien lo halla sin andar buscándolo, o bien, por andar buscándolo ex profeso.

La fundación de Aguascalientes se hizo ante la necesidad de tener puestos en el camino real de la plata o ruta de la plata entre Zacatecas y la Ciudad de México. Fue el 22 de octubre de 1575 y se le dio el nombre de Villa de Nuestra Señora de la Asunción de las Aguas Calientes. En 1786 fue elevada a categoría de ciudad por decreto del primer Congreso del Estado de Zacatecas cuando Aguascalientes formaba parte del partido de Zacatecas. En 1836 se convirtió en la capital del departamento centralista de Aguascalientes y, en 1853, cuando el estado ya era entidad federativa, la ciudad fue elevada en la capital.

Sobre Juan Chávez, según los datos históricos nació el 4 de julio de 1831 en la hacienda de Peñuelas, fue gobernador del estado entre 1863 y 1864 y murió el 15 de febrero de 1869 en un lugar llamado Camino de Arrona.

Foto de Juan Chávez
De autor desconocido

Tomada de Internet, Dominio público:
https://commons.wikimedia.org/w/index.php?curid=44017141

La piedra con vida propia

Asientos

Cuando estaban reconstruyendo esa casa (junto a la iglesia), hace como unos sesenta y tantos años, resulta que se cayó un pedazo de la fachada y cuál no fue la sorpresa de los dueños al percatarse de que había una figura muy rara, así como empotrada adentro de un nicho. Esas personas se pusieron a preguntar a la gente de aquel tiempo y así fue como se enteraron de que esa es una piedra con vida propia porque, de vez en cuando, ella misma decide mudarse a otra parte.

Aquí sabemos que esa piedra estuvo, en otros tiempos, allá en El Tepozán, pero dicen que de repente se perdió –o sea que se fue–, y luego apareció acá en una casita que ya tumbaron que estaba cerca de la basílica. Pero un día la piedra ya no estaba ahí y todo mundo creyó que se había ido a otra parte, hasta que esos señores la encontraron entre el muro de su casa.

Belén García Benítez, guía de turistas

¿Ya vieron la piedra de las leyendas allá en la "Casita azul"? Bueno, le decimos "la piedra de las leyendas" porque tiene muchas leyendas. Cuentan que una vez que estaban arreglando esa casa –ya está muy abandonada ahora–, se cayó un pedazo de la fachada y miren que fue una sorpresa para los nuevos dueños cuando se dieron cuenta de que apareció ahí esa figura, que tiene una flor, ahí adentro de un nicho. Se les hizo curioso y anduvieron preguntando por ahí. Los trabajadores, gente joven, pues, no sabían qué era, pero ya cuando les preguntaron a los viejitos, pues les dijeron que es una piedra que tiene vida propia porque, de vez en cuando, a ella misma se le ocurre mudarse a otra parte. Es una piedra encantada.

Ha de ser cierto porque cuentan que esa piedra estaba antes

ahí en la parroquia (de Nuestra Señora del Belén) y que un día se desapareció así nomás y luego la encontraron en el panteoncito viejo que está allá arriba, atrás de la basílica (de Guadalupe). ¿Ya lo vieron? Las pinturas son muy raras, ¿verdad? Luego se volvió a desaparecer y la encontraron en el convento del Tepozán –aquí cerca rumbo a Tepezalá– y parece que ahí se estuvo sabe cuántos años, hasta que un día ya nadie volvió a saber de ella. Pensaron que alguien se había robado la piedra. Pero, ya ven, volvió a aparecer ahí donde está ahora y, quién sabe, a lo mejor un día de éstos se vuelve a ir a otra parte. Pero eso sí, dicen que nunca se va lejos del municipio porque aquí es su tierra.

Jesús Echavarría, jubilado

En diversas culturas del mundo se cuentan historias de piedras con "vida propia" y se les representa como entidades que poseen alma o poderes sobrenaturales. Por ello hay piedras mágicas o sagradas, como en el folklore celta; piedras que hablan y pueden ofrecer consejos o advertir sobre peligros a quienes saben escucharlas; piedras anímicas, como en las culturas andinas donde se tiene la creencia de que las montañas y las piedras tienen espíritu y conciencia; piedras sanadoras, las cuales se usan en métodos de curación ancestrales o new age; *piedras adivinadoras, como las runas de los pueblos germánicos y nórdicos, o piedras que se mueven, como los ejemplos bien documentados de las* sailing stones *en el Parque Nacional de Mojave, entre los estados norteamericanos de California y Nevada.*

Real de Asientos, colindando con el estado de Zacatecas, es la cabecera del municipio más antiguo del estado de Aguascalientes. Su fundación data del 23 de julio de 1548, cuando Diego de Ibarra la nombró Nuestra Señora de la Merced y después, en plena época de esplendor minero, se le dio el nombre de Nuestra Señora de Belén de los Asientos de Ibarra, del cual deriva su nombre actual. Fue inscrita en el programa federal de Pueblos Mágicos en 2006.

Las curanderas

Jesús María

Cuando estábamos chicos vivíamos en una casa muy bonita, muy grande en el barrio de Triana, cerquita de la iglesia del Encino. Era una casa que tenía un traspatio con jardín y árboles frutales, muy bonita la casa. Me acuerdo que trabajaban con nosotros una señora y su hermana que eran de Jesús María, un pueblo que antes estaba lejos, pero ahora ya es parte de Aguascalientes. Doña Toña era la cocinera y la que cuidaba a mis hermanos chiquitos. La hermana era la que hacía el aseo y era muy callada, pero doña Toña platicaba muchas cosas y en la noche, después de cenar porque nos acostábamos temprano, nos platicaba historias para que nos durmiéramos y eran cuentos que nos contaba, pero también de repente los mayores queríamos escuchar historias de miedo y ella nos platicaba de las brujas de Jesús María. Eran historias de las brujas de allá, pero decía que más que brujas eran curanderas, o sea gente que sabe curar con hierbas y rezos, y contaba –de esto sí me acuerdo muy bien– que los indios de antes que habían vivido en esa región que adoraban una piedra grande que había caído del cielo –como un aerolito, pues– y que decían que era una piedra mágica y los brujos de su tribu sacaban su poder y su magia de esa piedra. Ahora me imagino que de ser cierto eso, y como sabemos que en Jesús María hay muchos brujos y curanderos porque es una tradición allá, es posible que saquen el poder y el conocimiento que se transmiten entre ellos de esa piedra que cayó del cielo.

También me acuerdo de que cuando estábamos chicos, una de mis hermanas se puso muy enferma y un tío que es médico vino a atenderla, pero no, no la pudo curar y luego le mandó hacer análisis y estudios y mi hermanita nada que se curaba. Entonces doña Toña le dijo a mis papás que ella sabía de gente de su pueblo Jesús María que podía curarla y mis papás, como buenos católicos y muy devotos del Señor del Encino, pues no quisieron aceptar. Pero pasaban los días y mi hermana seguía mal; terminaron por aceptar. Entonces doña Toña un viernes fue a su pueblo y trajo a una señora que era curandera. Nosotros como estábamos chicos no nos dejaron ver lo que esa mujer hizo, pero luego nos platicaban que prendió inciensos y unas ramas de pirul y cosas así y que le pasó un huevo y que del huevo cuando lo rompió y lo metió en un vaso con agua que salió una cosa negra muy fea. Y mi hermanita se curó, pero antes la curandera aprovechó para hacer una limpia en la casa porque dijo que en el patio trasero donde había un nogal que ahí se había ahorcado una muchacha y su ánima estaba penando y era la que había tenido enferma a mi hermanita. Entonces la curandera hizo algún ritual o algo así, no sé exactamente qué hizo, pero se acabaron los problemas en la casa, mi hermana se curó y hasta mis hermanos mayores decían que ya no asustaban en esa parte trasera.

Luis Eugenio Cervantes, maestro

Las curanderas son figuras centrales en la tradición de sanación popular en muchas culturas. Son portadoras de sabiduría ancestral, conocedoras de las propiedades medicinales, mágicas o místicas de las plantas y otros elementos, tienen un rol preponderante en los rituales y ceremonias y en sus comunidades suelen ser figuras de autoridad y respeto, pues su papel trasciende la medicina por ser, también, guardianas de la tradición cultural. En México, dado el sincretismo religioso, las curanderas, y los curanderos también, incorporan elementos de la tradición católica con prácticas indígenas, creando una rica diversidad en sus métodos y creencias.

En 1699, el capitán José Rincón Gallardo donó tierras de su latifundio para fundar una población que se le dio el nombre de Xonacatique. Autorizada la fundación, en 1701 el cacique indígena llamado Matías Saucedo junto con otras 32 personas firmaron el acta de fundación y, para poblarla, trajeron nativos indígenas de Pilotos (un poblado al noreste del estado), tal vez de la etnia guamare, caxcán, tecuexe o huachichiles salineros del sur, aunque tiempo después los españoles llevaron tlaxcaltecas a esa región. En 1702 se elevó a la categoría de Villa ya con el nombre de Jesús María, lo que fue la tercera comunidad que se estableció en la jurisdicción de Villa de Aguascalientes. La parroquia dedicada a san Santiago fue edificada entre 1735 y 1750, siendo uno de los monumentos históricos más importantes, al igual que el Palacio Municipal inaugurado en 1903.

Foto de Alejandro Esquivel

Tomada de Pinterest:
https://i.pinimg.com/736x/f8/2a/eb/
f82aeb97bc21ffd6a2ca124de415c3cf.jpg

CENTRO-NORTE

GUANAJUATO

El Chan

San Miguel de Allende

Aquí arriba, en las partes altas donde ahora está el jardín botánico que es un lugar muy bonito y va mucha gente, antes eran lugares naturales donde bajaba el agua porque arriba está lo que era una represa de la fábrica La Aurora. En aquellos años, cuando éramos niños, subíamos por el río y la cañada y nos dábamos chapuzones en las pozas allá arriba. Era un poco peligroso subir por ahí, pero lo hacíamos porque era parte de la aventura. También había gente que podía ir por la parte de arriba, así como ahora va uno al Charco del Ingenio, o sea al jardín botánico, y por las veredas bajaban hasta las pozas que le digo. [...] Entonces ya las conoce. Ándele, esas. Pero nosotros lo hacíamos por abajo y era muy divertido, era toda una aventura porque nos sentíamos exploradores. Algunas veces íbamos los sábados o los domingos los amiguillos o también de repente que nos echábamos la tanda en la escuela y nos íbamos en las tardes a las pozas que ahora son parte del Charco del Ingenio.

Me acuerdo que los mayores nos decían, como advertencia, que tuviéramos mucho cuidado porque en una de las pozas que siempre está como de color verde, ¿la conoce? Esa verdosa que no es muy profunda —nosotros nos metíamos a todas—, nos decían que en esa verdosa que hay como túneles o cavernas en la parte de abajo del agua donde vive un animal muy extraño que le dicen el Chan. Me acuerdo que nos decían eso para que tuviéramos miedo y no fuéramos, pero comoquiera íbamos. Contaban que en tiempos pasados andaba una familia de día de campo, digamos, y los niños estaban en la orilla de esa poza y los papás estaban también por ahí y los amigos y otra gente también y que entonces, de repente, se empezó a mover el agua y pues nadie supo qué era, pero salió como un animalito con cabeza así como de perro y pensaron que era un perro.

Entonces los niños le aventaban comida y así como que decían: "Ven, perrito, ven" y el animal ese se acercó a la orilla, estiró sus patas y con sus pezuñas o sus garras jaló a una niña y se la llevó a las profundidades y nunca la encontraron. Fue todo un drama muy triste y también un misterio que nunca se resolvió.

Lo que esa gente no sabía es que hay una leyenda de muchos, muchos años desde la época de nuestros abuelos o mucho más atrás, una leyenda de ese animal que le dicen el Chan pero nadie sabe exactamente si es un animal o es un fenómeno o sea si es un animal acuático o es un espíritu, pero me acuerdo que a nosotros de niños entonces nos decían: "Tengan cuidado con el Chan porque se los va a llevar, el Chan se los va a comer como a la niña que se perdió". Cosas así nos decían y sí nos daba miedo, para que voy a decir que no, pero entre la bola de amigos y todo pues nos envalentonábamos y nos íbamos de pinta a pasar la tarde por allá; era muy divertido.

Yo ya tengo muchos años de no ir por esos rumbos, pero sí sé que han contado que han visto un animal extraño, una criatura en una de las pozas y ha de ser ese Chan que le digo, pero no sé si cuenten ahora que se haya llevado a algún infeliz a las profundidades donde pueda vivir ese animal misterioso.

Melesio Rodríguez López, jubilado de La Aurora

El Chan es una figura legendaria en ciertas regiones de México, figura que de inmediato nos remite al ahuízotl del folklore mexica y de cierto modo nos remite a Cerbero, el custodio de Hades o el inframundo, en la mitología griega. Aunque las descripciones mexicanas del Chan en su aspecto pueden variar, se le suele describir como una criatura esquiva o un espíritu que, al materializarse, tiene características físicas como de un niño pequeño o un duende con apariencia humana o con cabeza de perro y se le asocia con los ríos, lagos o cuerpos de agua en general, pero no el mar. En el folklore de los estados de la Península de Yucatán se tiene un ser similar llamado Tzukán, el cual habita en los cenotes. En Colima existe la zona arqueológica El chanal, quizá dedicada a los chanos que en la mitología regional eran los guardianes del agua.

Las leyendas en torno al Chan infieren que es un ser que tiene la habilidad de seducir a la gente que encuentra en las orillas de un cuerpo lacustre y la lleva al fondo donde la desafortunada persona perece o, mejor dicho, desaparece, pues raras veces se recupera su cadáver y, por ello, se cree que el Chan la lleva a otra dimensión u otro mundo. Este aspecto de las leyendas puede ser visto como una advertencia sobre los peligros de extraviarse en la naturaleza o de dejarse atraer por lo desconocido.

El Charco del Ingenio es un Jardín Botánico y Reserva Natural ubicado en San Miguel de Allende. Surgió como una iniciativa civil en 1989 con 67 hectáreas de terrenos en ambas laderas de una cañada. En 1994 se añadieron 33 ha más, cedidas por el municipio en comodato, mismo que expiró en 2008, pero las 67 ha originales, divididas en el cañón, el humedal y el matorral dan vigencia y vida al jardín etnobotánico que, dicho sea de paso, toma su nombre por una poza en la cañada.

La virgen de la piedrita

León

Aquí en León cuentan mucho que se encontraron una piedrita en un río hace como treinta años aproximadamente, y lo que cuentan es que en la piedrita estaba la imagen de una virgen que la formó el agua. Lo curioso del caso es que la virgen ha estado creciendo a lo largo de estos 30 años. La piedra no crece, la piedra sigue igual, lo que ha crecido es la imagen.

También platican de una persona a quien la virgen le hizo el milagro de salvarle a un hijo, el que parece iba a perder los dos brazos. Como salió bien el hijo de ese accidente, entonces la persona esa le hizo un marco muy bonito a la virgen y se lo puso.

Nosotros conocimos la piedrita hace como unos dos meses. Se llama "La virgen de la piedrita", y uno al verla se puede imaginar que la pintaron, pero no, nadie la pintó porque simplemente se apareció ahí y lo milagroso es que del tamaño original como estaba al principio, pues ya es diferente porque ha ido creciendo. Entonces ya está enmarcada en madera y la tienen en una casa particular; la tienen las mismas personas que se le encontraron.

Es fácil ir a verla porque la gente es muy amable y permiten que otros la visiten. De hecho, hay personas que la piden prestada y los dueños la seden para que se la lleven por dos o tres días para que realice algún milagro.

Georgina Guadalupe Gómez Gámez, ama de casa

Las leyendas marianas sobre una virgen que se aparece o manifiesta en un determinado lugar, como puede ser en una piedra, es un tema recurrente en el folklore de muchos países donde el catolicismo es la religión predominante. Estas narraciones suelen albergar elementos de devoción, milagros y creencias populares que se transmiten de generación en generación y la aparición de la virgen es considerada un evento milagroso que trae consigo una serie de bendiciones o prodigios. Un buen ejemplo es el de la virgen de Lourdes, en Francia, que se apareció en una roca a una campesina y desde aquel año de 1858 es venerada por sus numerosos milagros.

Independientemente de la virgen o santo aparecido y los milagros que se le atribuyen, es importante destacar que la piedra o roca donde se apareció se convierte en centro de culto y/o peregrinaje. Así, la figura de la imagen religiosa aparecida en la piedra y la piedra misma se convierten en poderoso símbolo de fe y esperanza y su legado crece con las leyendas de milagros que se cuentan. Estos relatos enriquecen el tejido cultural y espiritual de las comunidades, creando un lazo entre lo sagrado y lo cotidiano o lo profano.

La Villa de León fue fundada el 20 de enero de 1576 por Martín Enríquez de Almanza. En 1830, ya como cabecera del municipio libre, se le asignó el nombre de León de los Aldama, en honor a los hermanos insurgentes. Desde mediados del siglo XX ha sido considerada la Capital mundial del zapato, pues gran parte de su boyante economía gira alrededor del calzado y otros productos de talabartería. Es en la actualidad es séptima ciudad más grande del país.

Los picachos de Las Comadres

Guanajuato

Sí, son curiosos esos picachos, parecen humanos, ¿verdad? Pues mire que resulta que esos picachos tienen su historia porque eran dos amigas que siempre subían hasta ese rincón del cerro para cortar verdolaga y llevarla a vender al mercado. Eran ellas tan pero tan amigas que todo mundo acá en Guanajuato las conocía como "Las comadres". Pero hubo una vez que mientras estaban buscando verdolaga se pusieron a platicar sobre sus amoríos. Como ellas no tenían secretos porque eran muy amigas, una le dijo a la otra que estaba teniendo una relación con Fulano de Tal. La amiga se puso morada de puro coraje porque ella también estaba enamorada del mismo hombre. Entonces la plática pasó a discusión y las dos amigas terminaron peleándose. Dicen que fue tanto el coraje y el rencor que al momento en que se dieron de cachetadas, las dos quedaron convertidas en piedra*. Si se fija bien, esa es la razón por qué los dos picachos, que tienen cara de mujer, están mirando a lados opuestos; todo porque por la fuerza y el rencor de las cachetadas, las cabezas de ellas estaban volteadas al mismo momento en que se convirtieron en peñas.

Eso es lo que cuentan por acá, pero también hay otra versión que dice que la razón del pleito entre las dos comadres fue porque ese día había muy poca verdolaga y una de ellas sintió envidia de que su amiga porque había juntado más que ella. Entonces el castigo fue por la envidia.

Gabina Arrona y Candelario Gómez,
vendedores ambulantes de Los Calderones

---

* En El Realejo, municipio de Guadalcázar, SLP se cuenta una historia similar.

Los mitos o leyendas de personas convertidas en cerros por castigo divino aparecen en diversas narraciones de diferentes culturas. Una de las versiones más conocidas proviene de la mitología andina, especialmente en Perú, donde se habla de mujeres que, debido a su comportamiento deshonesto o por haber desobedecido a las deidades, fueron transformadas en montañas o cerros.

Estas historias muchas veces sirven como advertencias o lecciones morales sobre el respeto, la obediencia y las consecuencias de nuestras acciones. El castigo divino representado a través de la transformación en cerros puede simbolizar la permanencia de las lecciones aprendidas, así como la conexión profunda de la naturaleza con la espiritualidad en estas culturas.

Por su parte, la envidia es un tema recurrente en muchas culturas y tradiciones, y a menudo se asocia con castigos divinos o consecuencias negativas para aquellos que la sienten o actúan en base a ella. Como moraleja implícita en este tipo de relatos es que la mejor manera de lidiar con la envidia es trabajar en la aceptación y la gratitud por lo que uno tiene.

Guanajuato fue fundada el 8 de diciembre de 1570 con el nombre de Santa Fe y Real de Minas de Guanaxuato, aunque desde algunas décadas antes ya había explotación de yacimientos de oro y plata que tanta riqueza dieron en la época virreinal. Gracias a su arquitectura colonial y su vida cultural, es Patrimonio de la Humanidad por la UNESCO desde 1988 y sede el afamado Festival Cervantino desde 1972.

Misterios en la hacienda

Jaral de Berrio, municipio de San Felipe

Según la historia que nos han platicado, el hacendado que construyó todo esto era un marqués y tuvo 99 haciendas, pero ésta era la principal. Aquí se concentraba todo lo que se producía en las otras, por eso fue la más grande. Cuentan que si el marqués hubiera tenido otra hacienda, o sea que 100, entonces se hubiera convertido en conde. Dicen que las 99 haciendas eran para cada hijo que tuvo, o sea que tuvo 99. ¡Imagínese nomás! Aparte de rico, muy macho, ¡sí, señor!

¿Ya vio la pintura de la niña? Bueno, cuentan que todavía ven caminar a esa niña entre los cuartos, en el salón y en ese balcón largo; que la ven parada afuera en el balcón.

Ah, pero también cuentan de un tesoro muy grande, pero nadie lo ha sacado, y mire que han buscado bastante; antes buscaban más cuando esto estuvo casi abandonado, pero ahora el vigilante ya no deja que nadie se meta a escarbar; le tienen prohibido. El cuento consiste en que había una viejita que sí sabía dónde mero estaba enterrado el tesoro, pero que era tan egoísta que nunca le dijo a nadie dónde estaba, pero tampoco lo sacaba ella. Dicen que sabía porque se le aparecía un espíritu y le indicaba dónde mero. Entonces un día unos muchachos fueron a verla y le preguntaron del tesoro ese, que les dijera dónde estaba para sacarlo, pero ella no les dijo nada. No les dijo nada porque ella sabía que esos muchachos eran tan pero tan envidiosos que no le iban a dar su parte del tesoro, y ¡ni siquiera le iban a dar su muerte! Ella quería morirse, pero no podía y sabía que esos muchachos ni eso le iban a dar.

Armando Torres, comerciante

Los cascos y las casas grandes de las muchísimas ex haciendas dise-minadas por todo el territorio nacional son objeto de fascinación por su pasado de suntuosidad y los quiméricos tesoros que ocultan, por su historia romantizada o por los horrores de explotación y esclavitud. Es por ello que se cuentan muchas leyendas de apariciones fantasmales, luces misteriosas, ruidos de ultratumba originados por las ánimas que no han encontrado descanso y siguen penando donde murieron trágicamente. En el caso par-ticular de esta hacienda ubicada en el norte del estado de Guanajuato se cuentan historias de tesoros, de apariciones o desapariciones como la de la llamada Ninfa del baño, *que es una pintura mural realizada en 1891 por el artista N. González en un baño. Según muchas leyendas y testimo-nios, cuando alguien ve esa pintura no nota nada extraordinario, excepto la belleza pastoral de la obra ya un tanto deteriorada. Sin embargo, cuando ven las fotos que tomaron durante la visita notan que hay rostros que no vieron al momento, pero las cámaras sí los captaron. En el relato también se menciona la envidia y el guardar un secreto, ambos elementos convencio-nales en muchas leyendas de tesoros que se cuentan en México.*

Esta hacienda fue establecida hacia 1592 y con el paso del tiempo se convirtió en el epicentro del mayorazgo de Jaral de Berrio, el cual estuvo compuesto por 24 haciendas en su época de mayor esplendor a principios del siglo XIX, cuando el due-ño era Juan Nepomuceno de Moncada y Berrio (1781-1850), marqués de Jaral Berrio y conde de San Mateo de Valparaíso, entre otros títulos, siendo el de marqués el de mayor rango.

Un tesoro en Las Margaritas

San Bartolomé, municipio de Apaseo el Alto

*É*sta fue la primera comunidad del país y además también fue el "primer estado" [*sic*] que tuvo Guanajuato. Es así porque esta tierra la eligió Dios y por eso mandó aquí a su primer hijo, a san Bartolomé (!). Éste era el pueblo elegido porque las aguas milagrosas las hizo brotar Dios mismo del fondo de la tierra. Esas aguas le dieron luego vida a Las Margaritas, que eran baños; ahí fue de los gachupines.

Ahí mismo hay un tesoro que dejaron los gachupines. Dicen que son unas ánimas las que dan razón de dónde está el dinero enterrado —es harto dinero, dicen. Se oye que se quejan las ánimas y se ven las sombras que pasan porque hay gente que las han visto y esas sombras señalan en dónde está enterrado ese tesoro; un tesoro muy grande. Ahí mero donde le digo está enterrado un cajón que mide metro y medio de largo por ochenta centímetros de alto y es de puros centenarios que están acomodados muy bonito. Hay gente que le han hecho la lucha, pero luego les da miedo porque las ánimas los asustan —eso me han platicado los que han ido allí a buscarlo.

Una vez unos muchachos que vieron las sombras de las ánimas decidieron escarbar y al escarbar un pozo bien profundo dicen que sí abrieron el cajón, por eso sabemos de qué tamaño es y cómo están acomodados los centenarios. Entonces fue cuando ellos escucharon que las ánimas estaban alegue y alegue y que se les vino una tropelada de caballos, y los pobres muchachos con el puro susto nomás corrieron y hasta dejaron los picos y las palas ahí tiradas. Pero cómo son las cosas, porque a la mañana siguiente agarraron valor y fueron a buscar el tesoro, pues al fin y al cabo el pozo ya estaba abierto, y cómo se sorprendieron al darse cuenta de que ya estaba tapado y ni siquiera se miraban las señales del escarbadero que hicieron la noche anterior. Yo les dije luego que lo que les falló fue de que uno de ellos debería haber estado rezando y echando inciensos mientras que otro debería haber tenido un Cristo y agua bendita, mientras que los demás estuvieran escarbando. Pero lo curioso fue que encontraron otra vez tapado el pozo y ya mejor decidieron no volver escarbar nunca.

Esas ánimas ofrecen el tesoro porque ellas andan buscando descanso. Entonces el buscatesoros también tiene que prometerles algo, como por ejemplo dar un socorro a la iglesia o a los prójimos pobres; una donación con parte del dinero que saque. Y además hay que hacer un funeral en el panteón, aunque sea con una caja vacía.

Cirilo Hernández, conserje de la iglesia

En el folklore, especialmente en México, se cree que hay ánimas o espíritus que protegen los tesoros ocultos. Este tipo de leyendas suele explicar que ciertos tesoros fueron escondidos por bandoleros, piratas, revolucionarios o por los mismos dueños, y que mediante rituales o por un crimen in situ *se dio la orden a las ánimas de permanecer vigilantes para evitar que sean descubiertos por personas no dignas o con malas intenciones.*

Al final del relato, el narrador explica qué se debe hacer para tener éxito en la empresa de sacar el deseado tesoro, siendo una especie de intercambio un elemento convencional.

Las tierras donde se ubica Apaseo el Alto estaban habitadas por otomíes quienes la conocían como Atlayahualco. Desde los primeros asentamientos hispanos se le llamó San Andrés de Apaseo el Alto y estuvo incorporado al distrito de Celaya. En 1947 se le concedió la categoría de municipio.

La historia de las aguas termales de San Bartolomé se remonta al año de 1540. En 1601 hubo un intento de fundar un hospital para indios y naturales aprovechando las aguas termales, el cual finalmente fue construido a finales del siglo XVIII con el nombre de Hospital Baños de la Salud en lo que en la actualidad es un popular balneario.

OTROS LIBROS DE NARRATIVA DE HOMERO ADAME:

Viajes por México: un mundo plural entre fronteras. 1ra. edición: CdMx. 2026.

El pueblo festivo. 1ra. edición: Cuernavaca, Morelos. 2024.

Catorce voces por un Real. 2da. edición: SMA, Guanajuato. 2024.

OBRAS DE INVESTIGACIÓN DE HOMERO ADAME:

Haciendas del Altiplano. Historia(s) y leyendas. Tomo I. Grandes latifundios virreinales. 2da. edición: SMA, Guanajuato. 2024.

Haciendas del Altiplano. Historia(s) y leyendas. Tomo II. De la Independencia a la Revolución. 2da. edición: SMA, Guanajuato. 2023.

Creencias, mitos y leyendas de animales. 2da. Edición: SMA, Guanajuato. 2024.

Judíos ashkenazitas de San Luis Potosí. Las familias. 2da. Edición: SMA, Guanajuato. 2024.

Plantas medicinales del noreste mexicano. 2da. Edición: SMA, Guanajuato. 2024.

MITOS Y LEYENDAS DE HOMERO ADAME:

Historias y leyendas de San Miguel de Allende / Stories and Legends of San Miguel de Allende. Edición bilingüe / Bilingual Edition. 1ra. edición: SMA, Guanajuato. 2025.

Mitos y leyendas de Nuevo León. 1ra. edición: SMA, Guanajuato. 2024.

Misterios - leyendas de San Luis Potosí. 2da. edición: SMA, Guanajuato. 2024.

Mitos y leyendas de huachichiles. 3ra. edición: SLP. 2026.

Mitos, relatos y leyendas de todo San Luis Potosí. 2da. edición: SMA, Guanajuato. 2023.

Mitos, cuentos y leyendas de Nuevo León. Regiones Citrícola y Sur. 1ra. edición: Guadalajara, Jalisco 2022.

Títulos disponibles en Amazon

CENTRO-NORTE

QUERÉTARO

Zona arqueológica El Cerrito, en Corregidora, Querétaro
Foto cortesía de Jorge Adame M.

El becerro de oro

El Pueblito, municipio de Corregidora

—Aquí en El Pueblito cuenta la gente que anteriormente se adoraba a un becerro de oro y que por eso —es que la gente lo ha ido contando de boca en boca— algunas personas hace años vinieron a saquear la pirámide del Cerrito para buscar el becerro de oro porque, según dicen, está encantado. Dice la gente, y los arqueólogos están averiguando si es cierto, que en el centro de la pirámide hay un túnel, pero la gente lo cavó para sacar ese becerro de oro, aunque no encontraron nada porque es pura leyenda. También se cuenta de que hay otro túnel y supuestamente el que entra ya no sale —es leyenda, pero es muy rico contarla.

"Durante la fiesta patronal de aquí, una de las tradiciones más arraigadas es la de pasear un toro en el recorrido de la virgen. La tradición viene porque cuando la virgen supuestamente se apareció aquí en El Pueblito —yo digo que los españoles la trajeron en el tiempo de fray Nicolás de Zamora—, ellos esculpieron de caña de maíz a la virgen para evangelizar a los indígenas y entonces le salieron a la gente con el cuento de que se había aparecido. La gente lo creyó y todos querían cooperar para hacer la fiesta y fue así como unos ofrecían un chivo, un puerco, un becerro. Entonces la consigna original era sacar a pasear a los animales para ver que no fueran robados y se ha conservado esa tradición. Por eso el paseo del becerro o del buey es parte fundamental de la fiesta.

—¿Hay alguna relación entre esta tradición y la leyenda del becerro de oro?

—La verdad no sé qué relación pueda tener el becerro de oro de la leyenda y la tradición de pasear un becerro durante las fiestas patronales. Pero es muy buena pregunta y ya verá que me voy a poner a investigar...

Lorena Uribe,
guía de turistas en la zona arqueológica El Cerrito

El becerro de oro es una figura emblemática en la mitología cristiana, especialmente por lo que se menciona en el libro del Éxodo en el Antiguo testamento y su asociación con la idolatría y la desviación de la fe "verdadera". En un contexto más amplio, representa la tentación de adorar bienes materiales o falsos ídolos en lugar de valores espirituales o morales. Sin embargo, en otras culturas de la antigüedad el becerro de oro tenía un papel importante, por ejemplo, en la egipcia adoraban a varios dioses con forma de toro, como Apis, que era un símbolo de fertilidad y fuerza. Los cananeos tenían a Baal, simbolizado como un toro, como su dios de la fertilidad y la lluvia, mientras que en la griega antigua tenían al minotauro, una criatura mitad hombre y mitad toro.

Se cree que en la época prehispánica a este lugar se le conocía como Tlachco, cuando tuvo influencia de Teotihuacán, Tula y Chupícuaro. La conquista espiritual ocurrió en 1632, cuando la población era principalmente otomí. Con el paso del tiempo se le conoció como El Pueblito, nombre popular que prevalece, aunque de manera oficial se le llama Corregidora desde 1927 cuando era una delegación municipal llamada Villa Corregidora. Fue elevada a municipio en 1931.

El escape del emperador Maximiliano

Querétaro

Ya que pregunta, deje le cuento lo que platicaba mi abuela que no sé si es historia o leyenda que ella escuchaba de su familia como si fuera secreto en aquel tiempo porque, usted sabe, la historia dice una cosa y la gente cuenta otra. El tema es que al emperador Maximiliano lo trajeron cautivo a Querétaro y estuvo encerrado en el convento de las capuchinas que está aquí en el centro y hay un museo que seguramente usted ya conoce. Bueno, ahí lo tenían recluido y estaba esperando que lo fusilaran porque ya le habían dictado el proceso. Pero parece que había un complot para que escapara, que ya estaba todo arreglado en las altas esferas políticas y a lo mejor el mismo presidente Juárez había ordenado que lo sacaran con toda discreción y secreto. El asunto es que una tarde antes el fusilamiento, del norte llegaron unas diligencias con soldados de los que estuvieron luego en el pelotón de fusilamiento y también en otra carreta traían a un preso que era un gringo muy alto y rubio. Entonces, en la noche antes del fusilamiento las monjas ayudaron a escapar a Maximiliano por abajo del convento, por un túnel. Esto lo sabían en mi familia porque una de las monjas era así como tía abuela de mi papá o de mi abuelo; por ahí va la cosa. Fue ya muy tarde o antes de la madrugada y tenían que hacer eso todo como silencioso porque había toque de queda y todo el derredor del convento estaba vigilado. Pero ellos se fueron por las calles más solitarias hasta que llegaron a las orillas que en aquel tiempo Querétaro no era muy grande y llegaron a las orillas y allá lo estaban esperando en una carreta de yunta muy austera para que no hubiera sospechas si acaso los gendarmes los detenían y pensaran que eran campesinos que allá iban de madrugada a la labor. Entonces se fueron por el camino viejo, que era el camino real a San Miguel de Allende,

y allá en San Miguel parece que lo hospedaron al emperador
Maximiliano en alguna de las casas de la gente prominente
que eran parte del Imperio y estuvo como tres o cuatro días
hasta que ya había pasado todo el borlote del fusilamiento y
que la gente creyó que sí había sido cierto porque sí fusilaron a
Miramón y a Mejía, y también al gringo que lo hicieron pasar
por Maximiliano. Días después vinieron por él a San Miguel y
le siguieron más hacia el norte, más al norte de Zacatecas y no
sé si se fueron por Saltillo para cruzar la frontera o si se quedó
viviendo en una de las grandes haciendas de por allá y él hizo
su vida y tuvo nueva familia con otro nombre, aunque también
cuentan que en Texas tomó un barco que lo llevó a El Salvador
y allá vivió el resto de su vida, pero con otra identidad. Eso es lo
que contaban en mi familia y, como le digo, era un tema muy
secreto en aquel tiempo de las monjas y ahora pues no sé si sea
historia que nadie contó o simplemente una leyenda.

Sebastián Valtierra, maestro

*La historia de Maximiliano de Habsburgo como emperador de México
y su trágico desenlace está bien documentada por la historia oficial y por
las investigaciones de académicos y escritores. Sin embargo, también existe
la leyenda que, afirma, no fue fusilado, sino que se le dio el indulto de
una manera muy velada siempre y cuando se fuera del país, no volviera a
Austria, cambiara de identidad y jamás revelara el secreto. Allí es donde,
según registros históricos, por esas fechas de 1867 aparece en El Salvador
un hombre llamado Justo Armas, de origen austriaco, con un estilo de vida
refinado y una apariencia que recordaba a Maximiliano I de México. La
proclama de Benito Juárez tras la ejecución de Maximiliano, diciendo
que había pasado "justo por las armas", alimentó aún más esta leyenda.
Aunque la historia de Justo Armas y Maximiliano de Habsburgo ha capturado la imaginación de muchos, no hay evidencia concreta que respalde
la teoría de que se trate de la misma persona y por eso la mayoría de los
historiadores considera que esta leyenda es más leyenda que una realidad.*

Llamado Tlachco en la época prehispánica, Querétaro era una frontera natural entre los grupos mesoamericanos y los aridoamericanos de la Gran Chichimeca. En 1446, Moctezuma Ilhuicamina marca allí los límites de su imperio. En 1529, siendo Conín el cacique, fue convencido a convertirse al cristianismo y se le dio el nombre español de Fernando de Tapia; este hecho ayudó a la conquista de esos territorios y el avance hispano hacia el norte. El 25 de julio de 1531 fue fundada la ciudad con el nombre de Santiago de Querétaro. A través del tiempo ha sido escenario de grandes eventos históricos, por ejemplo, sede de la conspiración insurgente en 1810 que devino en la independencia de México. En 1867, con el fusilamiento de Maximiliano, se dio fin al Segundo Imperio Mexicano y se restauró la república. En 1916 fue declarada capital de la República Mexicana por el presidente Venustiano Carranza. En la actualidad, gracias a la riqueza de sus monumentos arquitectónicos e históricos, en 1996 la ciudad fue declarada patrimonio cultural de la humanidad por la UNESCO.

Monograma de Maximiliano I de México

La Carambada, tesoros y cuevas

Colón

Si sabes que la *Carambada* es uno de los personajes legendarios más famosos de Querétaro, ¿no? De ella se platican muchas cosas, más que nada en la capital del estado porque, al parecer, era una mujer conocida allá, aunque luego se convirtió en ladrona. Unos cuentan que era una mujer de buenas familias, pero muy rebelde y que por eso se hizo ladrona y como era muy mandona y de armas tomar, se hizo la líder de su gavilla.

Muchas versiones cuentan que ella asaltaba haciendas o diligencias en los caminos de herradura y luego guardaba el botín en algunas guaridas, pero lo que casi nadie sabe es que aquí en el municipio de Colón existen lugares donde parece que se escondían ella y los ladrones de su gavilla. Acá hacia arriba, cerca de un pueblo que se llama El Zamorano, hay unos parajes poco conocidos donde se cuenta de que en algún punto de ahí la *Carambada* tenía una de sus guaridas. Yo sé de muchos aventureros que han andado por esos rumbos buscando las cuevas y los tesoros, pero hasta la fecha no se ha sabido que alguien haya encontrado algo, y si han encontrado pues mejor se lo callan para evitar que el gobierno les quite una parte. Ahí deben de seguir, bien resguardados y de cierta manera eso a nosotros en el municipio nos da la oportunidad de ser parte de esa leyenda.

Ismael Guerrero, coordinador municipal de turismo

Pues le diré..., aquí por los rumbos del Pinal de Zamorano sí cuentan de la Carambada, una vieja muy valiente que robaba a los ricos para repartir entre los pobres y, según los asegunes, ella y los de su gavilla enterraron grandes tesoros en cuevas de aquí del municipio, que la cueva del Órgano, que en el Rincón de la Peña Blanca, que la cueva del Meco y otras muchas que yo conozco. Yo he andado en esas cuevas y en otras y no he hallado oro ni joyas y tampoco me han asustado con voces que dicen "todo o nada". No digo que no pueda ser cierto, pero a mí no me ha tocado.

A la *Carambada* la recuerdan en las leyendas por lo que robaba, pero nadie cuenta que ella aportó mucho dinero para el santuario de la virgen de Soriano.

Macedonio Pérez Hernández, gambusino

Leonarda Emilia Martínez, mejor conocida como la Carambada, es una figura legendaria en el folklore queretano, una especie de heroína popular que se rebela contra la autoridad cuando, enamorada de un oficial del ejército de Maximiliano, el hombre es capturado por el gobierno de Juárez y ejecutado. Parte de la leyenda de la Carambada dice que, como venganza, ella misma envenenó a Benito Juárez en 1872, utilizando una yerba venenosa.

Cabe añadir que la aludida basílica de Soriano se construyó entre 1880 y 1912 como anexo a la misión de santo Domingo de Soriano para centro de peregrinaje a la virgen de los Dolores. No se sabe si la Carambada aportó para la construcción. Ella murió posiblemente en mayo de 1884.

El municipio de Colón y su cabecera del mismo nombre fueron territorios ocupados por los españoles y sus aliados otomíes en 1531, logrando desplazar a los nativos y aguerridos jonaces. En 1550 se fundó San Francisco Tolimanejo. En 1825 se creó el municipio de Tolimanejo y en 1882 se fusionó el pueblo con el de Soriano creando así una pequeña ciudad con el nombre de Colón, en honor a Cristóbal Colón, a la cual se le dio la categoría de cabecera.

Un gigante

Hércules, municipio de Querétaro

52

En años ya muy remotos, que ni a mí me tocó vivir y eso que tengo 84 años, contaban la historia de que aquí vivía un gigante muy poderoso y que todo mundo le tenía miedo. Toda la cañada era su habitadero. Ese gigante tenía mucho que comer y cazaba animales feroces y degollaba a un león sin problema, así con las dos manos. Entonces cuando llegaron los españoles que fundaron aquí, se enteraron de la historia del gigante y como ellos eran españoles ya traían la idea de un Hércules que vivió por aquellos rumbos en tiempos de la historia, ¿verdad?, y por eso dijeron que seguramente ese gigante era muy parecido al Hércules de la historia de ellos y por eso decidieron así llamar a este lugar. Luego aquí se fundó la textilera Hércules y hay adentro una figura muy bonita que tienen. ¿Ya la vio? [...] Ah, bueno, entonces ya sabe por qué aquí se llama Hércules, pero no es por esa figura, sino por el gigante que le digo.

Eleazar Hernández, jubilado

Los gigantes son míticas figuras en el folklore universal que simbolizan fuerzas naturales incontrolables más allá de lo humano o la lucha entre el bien y el mal. En casi todas las culturas del mundo se cuentan historias de estos temibles personajes y muchas concluyen que fueron aniquilados por castigo divino debido a sus prácticas de canibalismo, de sodomía y otros actos reprobables por los cánones de cada sociedad. En la mitología griega, por ejemplo, los gigantes, hijos de Gea (la Tierra) y Urano (el Cielo) se rebelaron contra los dioses del Olimpo y por eso fueron aniquilados. En la mitología nórdica, los gigantes eran seres destructivos y enemigos de los dioses. En la mitología mesoamericana, los gigantes fueron destruidos por los dioses debido a su comportamiento rebelde. Y en la mitología bíblica, los gigantes fueron castigados por Dios y los aniquiló con el diluvio universal.

Hércules es una colonia de Querétaro que creció gracias a la fábrica de textiles El Hércules, inaugurada el 15 de agosto de 1846, siendo la empresa más antigua en el estado, y cerró el 30 de septiembre de 2019. Parte de las instalaciones fue transformada en cervecería. La escultura del mítico Hércules fue esculpida con mármol de Carrara y traída de Italia por Cayetano Rubio Domínguez, fundador de la textilera.

Escultura de Hércules en la antigua fábrica.
Foto tomada de:
https://plazadearmas.com.mx/
viacrucis-de-jubilados-de-la-fabrica-hercules/

CENTRO-NORTE

SAN LUIS POTOSÍ

La Llorona.

Dios ya levantó el castigo a la Llorona

Rioverde

En Rioverde cuentan que la Llorona antes salía en las acequias, pero más en el río. Una vez estaba un señor con unos amigos tomando cerveza a un lado de la acequia que pasa por la calle Bravo, cuando de pronto escucharon el grito de la Llorona. No andaban borrachos y todos oyeron ese alarido tan espantoso; de hecho, uno de ellos ni siquiera había tomado nada porque estaba bajo un tratamiento médico que le prohibía tomar cualquier bebida alcohólica. Los amigos la vieron vestida de blanco caminando por la orilla de la acequia y llorando por sus hijos. Recuerdan que gritó tres veces y a la tercera se desapareció en el agua como si se hubiera echado un clavado –pero la acequia no es muy profunda y si alguien se mete el agua no lo cubre en su totalidad. Dijeron que el cabello de ella era largo y negro y que andaba descalza; iba caminando como si flotara en el aire. Era una noche de luna brillante y hacía brisa que le volaba el vestido. Resulta que todos esos amigos se enfermaron de espanto y al día siguiente sus familiares los llevaron con algunos curanderos para que les dieran una barrida con albahaca; así fue como los curaron.

Ese señor ya sabía la leyenda de la Llorona, pues es muy conocida por todas partes y la cuentan a todo el mundo. La versión que él conocía habla de que la Llorona fue una mujer muy chula que se casó y tuvo tres hijos, pero como los niños lloraban mucho ella no los soportaba. Entonces, una vez ya desesperada llevó a sus hijos al río y los ahogó para que ya no siguieran llorando. Dios la castigó por haber cometido ese crimen contra sus propios hijos y desde entonces estuvo vagando por todos los ríos del mundo en busca de ellos, sin tener oportunidad de encontrarlos porque Dios ya los había recogido en su seno. Su purgatorio fue haber pasado tantos siglos llorando sus culpas. Pero eso ocurrió hace muchísimos siglos y por fin

Dios se apiadó de ella, decidió levantarle el castigo y también la llevó a su reino. Desde entonces, ya no se oye su llanto por ninguna parte.

Cuenta ese señor que la última vez que la oyeron llorar en Rioverde fue hace más de 50 años. Dice que unos veían a la Llorona y otros sólo la oían, pero muy pocos tuvieron la oportunidad de verla y escucharla a la vez, como le sucedió a él y a sus amigos aquella noche calurosa de parranda junto a la acequia de la calle Bravo.

Agustín Hernández, albañil

La Llorona es un oscuro personaje del folklore mexicano, pero cuyos orígenes pueden rastrearse a tiempos prehispánicos, a mitologías mesoamericanas como la mexica, la purépecha o la zapoteca. Las primeras menciones novohispanas son a cargo de fray Bernardino de Sahagún quien en 1550, en su obra Historia general de las cosas de Nueva España *identifica al personaje de la Llorona con la diosa Cihuacóatl de la mitología mexica.*

La Llorona es un personaje recurrente en leyendas de cualquier parte de México con contenido similar y variaciones locales: siempre hay un río o aguaje, unos hijos muertos durante una noche de lluvia torrencial o por negligencia de su madre, una búsqueda desesperada, gritos de lamento y arrepentimiento y la aparición de una mujer vestida de manera andrajosa.

Rioverde fue fundada por fray Juan Bautista Mollinedo el 1° de julio de 1617 como misión en un paraje llamado Santa Elena, en el Valle del Río Verde. Después de la Independencia, Rioverde era colonia de indios y mestizos, mientras que la vecina población hoy conocida como Ciudad Fernández era colonia de españoles y criollos. En 1826, cuando se promulgó la primera Constitución Política del Estado de San Luis Potosí, Rioverde fue designada cabecera de uno de los cuatro distritos que comprendía el recién constituido estado. En la actualidad se le considera capital de la Región Media, siendo una de las cuatro regiones en el estado.

El ahuichote

20 de Noviembre, municipio de Villa Hidalgo

Por estos rumbos hay mucho coyote. Esos no le hacen mal a uno, pero a los animales débiles sí les hacen mal, los cazan, que a las gallinas, a las chivas, a los becerritos chiquitos, a los caballitos, a los burritos que no han crecido bien. Pero hay otro tipo de coyote que aquí le nombramos ahuichote.

Sabe, cuando va a haber una cosa sale ese animal. Aquí en las faldas del cerro ahí anda grite y grite ese ahuichote. Primero empieza a gritar como coyote y luego pega unos aullidos como que anda llorando una persona. Y ahí empieza a gritar cuando va a suceder una desgracia. Es que está anunciando algo.

Ahora que se murió mi tío –él se murió en Monterrey, pero lo trajeron a sepultar aquí– se dejó sentir el aullido de ese animal que le digo. Pero como ocho días antes de que mi tío se muriera nosotros empezamos a escuchar el llorido del ahuichote en la falda de la loma. Todos los días estuvo gritando; había veces que en la madrugada y otras veces que en la tarde. Entonces ya todos sabíamos que algo malo iba suceder. Toda la gente decía: "*Oi*, el ahuichote," y las mujeres empezaban rece y rece para que no fuera a suceder algo en sus casas.

Al ahuichote nadie lo ha visto, pero yo pienso que debe de ser como un espíritu que se encarna en un coyote muy chiquito. La noche que estuvieron velando a mi tío aquí, el ahuichote no dejó de aullar. Y el día que lo fuimos a sepultar, el ahuichote aulló con más fuerza –si viera qué feo se escuchaba. Y nomás al término del entierro de mi tío Ruperto, cuando taparon la tumba –que ya la cubrieron con tierra–, el ahuichote dejó de aullar. Es que la Muerte ya había terminado su obra.

Sra. Camila, ama de casa

En el folklore de cada país del mundo existen animales agoreros que anuncian calamidades, desgracias, muerte. Como ejemplos tenemos al cuervo, en los países nórdicos y culturas europeas; al búho, en algunas culturas africanas y nativas americanas donde se cree que puede presagiar muerte o mala suerte. En el hinduismo, la serpiente naga es un símbolo de poder y también se le asocia con la Muerte y la resurrección. Por su parte, el lobo es asociado con el inframundo y la Muerte en el folklore de algunos países europeos; el perro es guía al inframundo o su aullido anuncia una muerte, según algunas tradiciones americanas, mientras que el aullido de coyote, en tradiciones amerindias, es considerado como un presagio de muerte o un anuncio de que algo malo está por suceder. Aun más: el ahuichote, que es una variedad de coyote tan esquivo que no se deja ver, parece ser un motivo inédito en mitología o folklore universales, pues su papel como mensajero de la Muerte sólo ha sido identificado en algunos lugares del Altiplano potosino.

20 de Noviembre es una comunidad rural ubicada a seis kilómetros al oriente de Villa Hidalgo, pequeña ciudad del Altiplano potosino que se llamó originalmente San José de los Picachos, asentada en territorios antes habitados por los huachichiles. En 1857 fue ascendida a categoría cabecera del municipio recién creado con el nombre de Iturbide, el cual en 1928 cambió por el de Villa Hidalgo.

Silueta de coyote tomada de Pinterest:
https://i.pinimg.com/originals/c3/dd/88/3dd8844d30
5f2f2fd47fca17707c1b4.jpg

El carretón de la Muerte

Matehuala

Todavía cuentan aquí en Matehuala de una carreta fantasma que pasaba por la calle de Reyes a eso de las tres de la tarde y seguía su camino hasta desaparecer en el panteón Hidalgo. La carreta iba dirigida por un hombre con un látigo y la gente escuchaba los latigazos. Como esa calle antiguamente era de piedra bola y no de pavimento, y la carreta iba jalada por caballos, entonces dicen que los cascos de éstos al pisar aventaban chispas.

A esa carreta le decían "el carretón de la Muerte" porque cuando pasaba, o más bien como que la veían o nada más la escuchaban pasar, se decía que alguien iba a morir aquí en Matehuala y, a decir de muchos, este presagio nunca fallaba porque a los pocos días alguien se moría y lo llevaban a enterrar al mismo panteón Hidalgo.

Hay una historia parecida, aunque algunas personas no creen que sea la misma del carretón de la Muerte. Esa historia narra de una señorita que tenía un novio, pero su familia se oponía a esa relación y ya la tenían comprometida para casarse con un hombre a quien ella no quería. Ante su agobio, ella decidió fugarse con su novio y éste aceptó gustoso.

Para esto, la mamá de ella había sido una mujer muy dura, aunque para ese entonces ya había muerto. Entonces la pareja se subió a la carreta para escaparse y vieron que estaba sentada con ellos una mujer. La señorita se sentó en la parte de los pasajeros donde estaba esa mujer y el muchacho se sentó con el cochero. En ese momento el cochero le preguntó al muchacho: "¿A dónde vamos?". Y el muchacho le dijo: "Síguele, yo te voy diciendo a dónde." Sin embargo, la mujer que iba sentada a un lado de la señorita fue la que le indicó al cochero que se dirigieran primero hacia el panteón.

Cuando llegaron al panteón Hidalgo la mujer se esfumó de la carreta y para cuando la señorita se percató de esto, aquélla ya estaba en el umbral del cementerio. Entonces la señorita oyó una voz de ultratumba que le dijo: "Tú no te vas a casar nunca." Del susto el muchacho corrió y nunca lo volvieron a ver, y la muchacha nunca se casó.

Entonces se cree que la mujer que los llevó al panteón y que fue la misma que le dijo la señorita que nunca se iba casar, era la difunta madre de la señorita.

Carmen Alcocer

En el folklore universal existen muchos tipos de mensajeros de la Muerte, heraldos que anuncian una muerte inminente. En este relato encontramos que una carreta acaso fantasmal presagia una muerte, pero también tenemos lo que pudiera ser una historia inconexa con la aparición fantasmal de alguien que ha venido a dar una advertencia lapidaria.

Cayetano Medellín fundó Matehuala el 10 de junio de 1550 y se dice que le dio ese nombre porque era lo que decían los nativos en su idioma que el conquistador no entendía y pensaba que era como los nativos llamaban a esas tierras cuando en realidad le estaban diciendo: "No vengas", o sea, según esta versión, Matehuala significa no vengas en lengua huachichil. En 1778 Matehuala recibió la categoría de Villa y desde 1826 es cabecera del municipio del mismo nombre. Además, es la ciudad más importante del Altiplano potosino.

La Maltos

San Luis Potosí

Hay varias leyendas que cuentan del edificio Ipiña, pero la más famosa es de la *Maltos*, una mujer que nadie sabe si era una de las hijas de los dueños de esta casa o una bruja. Según las leyendas, han visto a una mujer que camina en el piso de arriba. Algunos de los ventanales tienen los postigos abiertos y por ahí es donde se ve el reflejo fantasmal de esa mujer que pasa caminando. Lo raro es que adentro está oscuro y de todos modos se ve una silueta de una mujer que va caminando por los pasillos de arriba y sale al balcón que da a la contra esquina de la capilla de Loreto.

Cuentan que hace muchos años, cuando la casa estaba habitada y llena de lujos, con muebles muy finos y obras de arte, en una de las paredes había un óleo de una mujer joven, seguro de una de las hijas de los dueños de la casa. Cuando la casa empezó a quedar abandonada, se llevaron o vendieron aquellos muebles finos y todo, pero el cuadro de la mujer siguió allí en la pared. Una tarde, la mujer pintada en el cuadro se salió para convertirse no en una persona de carne y hueso sino en el fantasma que ronda por la casa, principalmente en los pasillos que dan a la plaza de Fundadores y debe ser la misma que sale al balcón y se asoma para ver hacia la capilla de Loreto.

También dicen que la mujer que se aparece en la casa era la hija de los hacendados de Ipiña, que es una estación de tren. Le dicen la *Maltos* porque ha salido en libros, pero quién sabe si así se llamaba o si era su apodo. Según esto, ella no se casó y por eso se quedó muy amargada y se convirtió en una mujer muy mala; trataba muy mal a los empleados de la casa y que los azotaba como un chicote. Los llevaba a un sótano y allí los azotaba y los dejaba encerrados. Cada vez se fue haciendo más mala y aunque no se sabe cómo murió, de seguro la llevaron a enterrar al panteón del Saucito. Lo que sí se sabe es que su alma anda penando y por eso no ha encontrado descanso y sigue metida aquí en esta casa.

Gonzalo de Santos, empleado del estacionamiento Ipiña

El arte refleja el poder de la imaginación y la capacidad humana para trascender los límites de la realidad. Existen en el mundo muchos ejemplos de pinturas que reciben especial atención por su temática, lo que representan, la técnica o la fama del artista. Hay pinturas consideradas mágicas, sanadoras o malditas; obras que poseen cualidades sobrenaturales, a menudo relacionadas con eventos paranormales o inexplicables. Existen historias de pinturas en las que el o los personajes plasmados cobran vida y se salen del cuadro. Tales historias suelen explorar temas de magia, misterio y la delgada línea entre la realidad y la fantasía.

La fundación de esta ciudad fue el 3 de noviembre de 1592 con el nombre de Pueblo de San Luis Mesquitique, el cual cambió el 30 de mayo de 1656 por San Luis Potosí, en honor al santo Rey de Francia y por las ricas minas argentíferas de El Potosí en Bolivia. Con la Constitución de 1824, San Luis Potosí recibió la categoría de Estado Libre y Soberano y la ciudad, su capital. Entre los muchos sucesos históricos, uno de los más relevantes ha sido el Plan de San Luis, un manifiesto redactado por Francisco I. Madero el 6 de noviembre de 1910, el cual marcó el inicio a la Revolución Mexicana.

En cuanto al edificio Ipiña, éste se construyó entre 1903 y 1912 por órdenes de José Encarnación Ipiña. A cargo de la obra estuvo el Ing. Octaviano Cabrera Hernández.

Por su parte, aunque se desconoce el nombre del personaje y sólo se le recuerda como la *Maltos*, cabe mencionar que en una esquina del edificio Ipiña hubo una tenería llamada Maltos y esa calle se le conocía con el mismo nombre *Maltos*.

Misterios cerca del panteón

Ciudad Valles

Hay detalles que suceden porque estamos aquí enfrente del panteón y nos damos cuenta de ciertas cosas. Por ejemplo, ahí está una caja de refrescos para cuando llega la gente a comprar un refresco ahí dejen el envase. Por aquí vivía una señora que se llamaba Genoveva y le decíamos *Veva*; ella vendía quinielas de la lotería –de la bolita– y venía muy seguido aquí. Falleció hace poco y resulta que el día que falleció, alguien vino a darme la noticia. Me dijeron que había fallecido temprano y que estaba tendida en su casa. Ese día era un domingo de elecciones y había ley seca. De todos modos, como a eso de las seis de la tarde llegaron unos amigos y nos pusimos a platicar. Entraron unos clientes a comprar algo y cuando me estaban pagando, de repente de esa caja de refrescos se levantó una botella solita; se levantó como si levitara. Todos nos quedamos mirando porque era algo irreal. Como que a nadie nos entró miedo y seguimos platicando, pero llegó un momento en que todos nos quedamos callados y ya nos queríamos ir. Entonces, cuando apagué la luz y cerré la puerta, sentí algún muy raro, como una presencia. No sé si los amigos lo hayan sentido también, pero como que sentían miedo. Lo único que yo dije es que era doña *Veva* y aquéllos se quedaron callados y mejor rápido se fueron para sus casas.

Yo sentí eso como una despedida, como si doña *Veva* hubiera venido a despedirse. A la mañana siguiente fui al entierro. Era un día muy feo y había poca clientela, así que compré un ramo de flores y una veladora y fui a su tumba a dejárselas. Pero eso sí, le dije: "Tenga, doña *Veva*, esto es para su descanso y por favor ya no ande yendo al negocio porque me espanta a la clientela."

Aquí va otro ejemplo de las cosas raras que por aquí suceden; cuando ya se va a llegar el día de Todos los Santos en las fiestas de Muertos, a principios de noviembre, a veces está la calle sola en la tarde; no se ve pasar gente. En una ocasión, era una tarde y como no había gente decidí ir a ver a mi señora al negocio que tiene ella. Cuando ya iba a cerrar la puerta del negocio, de repente cayeron terrones. Me fijé que venían del cementerio. Como le digo, a esa hora no había nadie y fui y me asomé adentro del cementerio y tampoco había nadie y los terrones siguieron volando solitos. Me salí del cementerio y me fui caminando por la calle y más terrones siguieron cayendo. Lo único que se me ocurrió decir en voz alta fue: "Déjenme en paz, en el nombre del señor déjenme en paz." Entonces yo le pregunté a una señora que es muy católica –ella se llama doña Licha y es la que canta aquí en la iglesia de San Martín de Porres–; ella me dijo que posiblemente esas cosas me pasaban porque soy muy relajista. De todos modos, me dijo que trajera agua bendita y cuando ya la tenía, ella vino y roció el negocio, la calle y también a mí. Desde entonces ya no han pasado cosas raras.

Mercedes Hervert, comerciante

Las ánimas en pena son un tema recurrente en el folklore de muchas culturas alrededor del mundo. Su presencia incorpórea está vinculada a creencias sobre el más allá, el inframundo; también sobre asuntos pendientes que el fallecido dejó y por eso no encuentra descanso, o bien, el negarse a aceptar su nueva realidad y querer afanosamente seguir entre los vivos y por eso se manifiesta de diversas maneras. Asimismo, se cree que algunas ánimas están en pena porque hubo una muerte violenta y porque al difunto no se le hicieron los ritos pertinentes y no alcanzó a pedir perdón.

Esta ciudad de la Huasteca potosina fue fundada por Nuño de Guzmán en 1533 con el nombre de Santiago de los Valles. En el siglo XVIII se le conocía como Villa de los Valles, hasta que en 1827 se le otorgó su nombre actual. A pesar de su importancia económica para el estado de San Luis Potosí, su verdadero desarrollo inició a partir de 1936 cuando se inauguró la carretera México-Laredo que pasa por la ciudad, considerada como la capital de la Región Huasteca.

CENTRO-NORTE

ZACATECAS

Foto tomada de la página de Parroquia de
Nuestra Señora de los Milagros en Facebook
facebook_1728956033570_7251767207430678194

CÓMO LLEGÓ LA VIRGEN DE LOS MILAGROS

OJOCALIENTE

Aquí teníamos antes como patrón a la imagen de Jesús Nazareno, pero ahora la patrona es la virgen de los Milagros. La imagen de la virgen estuvo allá para al lado de Villa de Ramos (SLP) —no sé si de la mera Villa o de alguna comunidad de por allá— y la trajeron a bendecir a ella aquí a esta parroquia en un carretón de mulas hace muchos años que no creo que nadie que todavía viva haya estado presente. La trajeron personas de allá porque creo que en ese tiempo no había parroquia de aquel lado y aquí sí. Quién sabe si esto que le digo esté asentado en algún documento del archivo parroquial.

Entonces resulta que ya cuando la bendijeron a la imagen de la virgen, la subieron de nuevo al carretón de mulas y le daban al carretón y no avanzaba ni siquiera dos cuadras; las mulas no querían caminar. Regresaban el carretón para atrás aquí hacia la parroquia y sí caminaban bien las mulas, pero si las querían llevar para adelante, o sea rumbo a Villa de Ramos, nomás no querían las mulas caminar. Tres veces intentaron así y nada; las mulas nomás reculaban aquí hacia la parroquia. Entonces el padre que estaba aquí en ese tiempo y la gente decidieron que aquí se quedara la virgen y los que trajeron la imagen dijeron que sí porque ellos mismos vieron cuando la virgen no se quería ir o, mejor dicho, las mulas no se la querían llevar. Ese fue su primer milagro y desde entonces es nuestra patrona y concede muchos milagros.

Luis Manuel Cortés, sacristán

En las leyendas cristianas hay muchos ejemplos de imágenes de bulto de vírgenes o santos que se negaron a ser transportadas a otros lugares. Por ejemplo: En Valencia, España, se dice que la imagen de la Virgen de los Desamparados. En Jerusalén, se dice que es imposible mover ciertas imágenes o relicarios del Santo Sepulcro, o en Plateros, Zacatecas, cuentan historias de los ladrones que pretendieron robar la imagen del santo niño de Atocha y ni entre varios hombres pudieron levantarlo de su nicho.

Estos relatos y creencias son parte de la rica tradición del folklore religioso, donde las imágenes y reliquias son vistas como poseedoras de poder divino y su resistencia al traslado se considera una manifestación de su importancia espiritual y cultural conectada con un pueblo en particular.

En 1620, José Teodoro de Bastidas fundó la Villa de Sacramento y Real de Minas de Ojocaliente de Bastidas con doce familias que se asentaron alrededor de la capilla en construcción, la cual es la base de la parroquia actual. Hasta 1857, Ojocaliente perteneció a la provincia de San Luis Potosí, año en el cual fue anexado a Zacatecas como partido junto con San Francisco de los Adames (hoy Luis Moya). Gracias a sus monumentos coloniales, como la parroquia de Nuestra Señora de los Milagros, desde 2003 ostenta el título de ciudad histórica.

EL JERGAS

PINOS

Allá en Pinos a un señor que ahora tendrá por ahí de 45 años o 50 le salió el Jergas una vez que andaba en la mina. Ese hombre era un tipo normal, pero desde esa vez tiene comportamientos muy raros, traumas, problemas de psicología, pues. Allá todos lo conocen, es como el loquito del pueblo y se volvió así por el asombro de haber visto al Jergas. Con la aparición del Jergas, el señor quedó muy traumado y ya nunca volvió a trabajar en las minas, ni siquiera volvió a bajar a una mina y eso que en aquel tiempo casi todos los hombres de Pinos trabajaban en las minas; ahora ya no porque o se agotaron las minas o a las empresas ya no les convino. Pero este señor que le digo mejor se dedicó a pastorear chivas y borregas y cada vez más fue perdiendo el sentido de la realidad.

Él platicaba que cuando le salió el Jergas se asustó y salió corriendo de la mina –creo que la del Tiro General–, se salió corriendo y no paró de correr hasta que llegó a la iglesia para pedirle ayuda a su santo, san Francisco o a la virgen de la Purísima. O sea que en ese momento que se le apareció el Jergas no supo qué hacer y por el susto mejor corrió desesperadamente.

Las minas de Pinos, y también las de Noria de Ángeles son muy antiguas, y en todas, según las pláticas, han visto al Jergas. Muchos creen que esto es así nada más como pláticas de mineros o una leyenda, pero sí es cierto que a este minero se le apareció el Jergas.

[...]

Bueno, sí, hay unos que dicen que el Jergas ayuda a los mineros cuando están en peligro, pero también de repente hace travesuras o asusta a los mineros, o sea que sale como espanto, y así es como le salió al señor que le estoy contando.

Mario González, ganadero

En la mayoría de los pueblos mineros del mundo hay creencias relacionadas con espíritus y seres sobrenaturales que protegen o vigilan las minas. Como ejemplos tenemos: en el folklore alemán, los kobolds son pequeños seres que viven en las minas y son considerados espíritus guardianes. Se cree que ayudan a los mineros, pero también pueden ser traviesos y causar problemas si no se les trata con respeto. En algunas regiones de México se dice que hay sirenas o espíritus femeninos que protegen las minas. En Rumanía existe la creencia en espíritus protectores que tocan música en las minas; los mineros les llevan ofrendas o realizan rituales para honrarlos y asegurar su protección. En muchas otras partes del mundo se habla más genéricamente de un espíritu guardián de la mina y su presencia es señal de buena fortuna y protección de los peligros inherentes a ese oficio. El caso del Jergas es un ser dual que ayuda a un minero en peligro o castiga a un minero abusivo. Se le menciona con ese nombre en centros mineros zacatecanos, potosinos, duranguenses y otros más y su presencia pueden servir como una manera de explicar eventos desafortunados o accidentes ocurridos en el trabajo, atribuyéndolos a la ira o descontento de este ser.

En 1556, los primeros exploradores españoles descubrieron la sierra de Pinos y la fundación del pueblo fue el 12 de febrero de 1594 con el nombre de Real de Nuestra Señora de la Sierra de Pinos. Con la Constitución de Zacatecas de 1825, el estado se dividió en 11 partidos, siendo Pinos uno de ellos, junto con Ahualulco* y Real de San Nicolás de los Ángeles.

---

* En la actualidad, Ahualulco es un municipio perteneciente al estado de San Luis Potosí.

El pueblo de oro y plata y la mujer encantada

Zacatecas

Una de las leyendas más conocidas aquí en Zacatecas, que hasta en los tours nocturnos de leyendas cuentan, es esa que habla del cerro de la Bufa que en el interior existe un pueblo muy rico hecho con oro y plata y también tiene piedras preciosas, o sea que todos los palacios y mansiones están hechos de oro, plata y decorados con piedras preciosas. Eso cuenta la leyenda, pero la parte misteriosa es que es un lugar encantado y que existe una conseja para quitar el encanto. Resulta que hay una mujer bellísima, digamos algo así como la princesa pero no, no es eso porque el pueblo encantado no es un reino; entonces es una mujer hermosísima encantada que se aparece de vez en cuando a un hombre que ande solo por ahí y ella le dice que, por favor, para quitarle el encanto que la cargue en hombros y la baje a la catedral y la deje junto al altar; si cumple eso se rompe el encanto y ella vuelve a ser una mujer normal y el hombre será riquísimo porque será el dueño del pueblo encantado. Dicen que algunos han intentado, pero no completan el propósito porque aquí viene lo malo: cuando ya tiene a la chica cargada en sus espaldas y ella le ha dicho que no debe de voltear a verla, aunque escuche ruidos extraños, la curiosidad es fuerte porque los ruidos son feos, horribles y el muchacho que lleva cargada a la princesa, que no es princesa, en algún momento inevitablemente voltea a mirarla y se da cuenta de que lleva cargada en sus espaldas una serpiente espantosa. Obvio que el muchacho se asusta tanto que la suelta y, dicen, otros incluso se han muerto de un infarto por el susto. Y así es la historia más o menos como la cuentan.

Algo curioso es que una vez fuimos en familia a Guanajuato

y allá tienen también un cerro de la Bufa y en un tour de leyendas contaron esta leyenda que le estoy diciendo de la princesa y la serpiente y sí es muy parecida, pero allá no hay un pueblo encantado con las riquezas debajo del cerro de la Bufa, sino que viene la mujer, que es serpiente, de otro rumbo que no me acuerdo cómo se llama, pero la esencia de la leyenda es muy parecida a la nuestra y no sé cuál sea más antigua, la original.

Ricardo Lozano, estudiante de preparatoria

En muchas partes del mundo se cuentan leyendas sobre pueblos encantados, pueblos de oro; leyendas que exaltan la imaginación del escucha o del lector y son reflejo de la búsqueda humana por la riqueza, la aventura y lo desconocido. En ocasiones, las leyendas explican la solución para romper el encanto, que no es tarea fácil, aunque tampoco imposible. Ciertas leyendas, como la aquí presentada, añaden a una persona hechizada, en este caso una mujer convertida en serpiente, y el hechizo se rompe si alguien logra llevarla a un sitio sagrado, como lo es el altar de una catedral.

Antes de la conquista, los territorios donde se ubica Zacatecas eran paso de grupos nativos trashumantes como los huachichiles y los zacateos, En 1546 llegaron los primeros españoles, descubrieron las vetas de plata y llamaron al lugar Las Minas de los Zacatecas, posiblemente refiriéndose a la tribu de los zacateos. Al cerro con metales casi a ras del suelo, Juan de Tolosa lo bautizó con el nombre de Bufa, palabra de origen aragonés que significa "vejiga de cerdo".

Con el tiempo, el nombre de la ciudad fue cambiando: Minas de Nuestra Señora de los Remedios, Ciudad de Nuestra Señora de los Zacatecas, pero a partir de 1825, cuando se estableció el estado de Zacatecas y la ciudad como capital, se le llamó simplemente Zacatecas. En 1867 fue capital provisional de México con el gobierno de Benito Juárez. Gracias a su riqueza arquitectónica, sus templos barrocos y su vida cultural, Zacatecas es Patrimonio Cultural de la Humanidad por la UNESCO desde 1993.

Los castigos del peyote

El Salvador

Hace hartos años conocía yo a un huicholito que de repente le daba por venir a estos rumbos; nos encontrábamos y hacíamos plática, pero no puedo decir que fuéramos amigos porque los huicholes no hacen amistad con gente que no sea de la de ellos. Este Vicente –así se llamaba el huicholito– luego de que me agarró confianza me platicaba cosas de sus creencias. En aquellos años yo tenía unas borregas y campeaba mucho, por eso me lo encontraba a él cuando ya venía de regreso de allá de Catorce (SLP), y campeaba conmigo en la noche. Pasaban varios huicholes y se acercaban a dormir cerca de la lumbrita que yo prendía, pero ellos no platicaban conmigo, nomás Vicente.

Él me contó una vez, porque yo le pregunté, que el peyote es un espíritu, pero dijo que antes de ser peyote parece que era un venado, un venado mágico, viejo, con la canasta más grande que cualquier otro venado ha tenido jamás. Entonces, según la cosa, ese venado tenía un enemigo, que era otro venado casi tan grande como él, pero muy envidioso porque su canasta era más chica y los demás venados no lo respetaban igual. Cuando el venado mágico se convirtió en peyote, ese venado malo se convirtió en peyote también, pero el gran espíritu –el Dios de uno, pero así creo que le dicen los huicholes a Dios– lo castigó por envidioso y lo hizo un peyote malo.

Si sabe usted de gente que luego anda buscando peyote para empeyotarse, ¿verdad? Bueno, muchas veces el gran espíritu los engaña y les da peyote malo y los pobres brutos terminan enloquecidos. Por eso ahí luego, por decir en Zacatecas, andan unos muchachos todos enloquecidos –muchos son gringos– y andan así porque Dios los castigó por andar comiendo cosas que no deben. O sea, digo yo, no es que comer peyote sea malo para todos, pero sí para algunos y si vienen esas gentes con malas intenciones entonces les cae el castigo y comen del peyote malo. Son cosas que uno no entiende bien, pero que se dan.

Luciano Rivas, campesino

*El peyote (*Lophophora wiliamsii*) es una cactácea endémica de una región desértica del centro-norte de México conocida como Altiplano potosino. Desde tiempos inmemoriales ha sido utilizada de manera ritual, en los mitotes, por grupos originarios como los wixaritari (mejor conocidos como huicholes) y en el pasado por los huachichiles, los zacatecos, los irritilas y otros grupos más. Debido a sus propiedades alucinógenas y por ser un cactus en peligro de extinción, está prohibido su uso y su comercialización.*

En el folklore universal existen innumerables ejemplos de castigos divinos o de la naturaleza misma por abusar de sus recursos o por hacer daño a otros. Uno de los temas recurrentes es el uso de frutos envenenados o de plantas tóxicas y se convierte en un símbolo del delicado equilibrio entre los seres humanos y el mundo natural, y cómo nuestras acciones pueden llevar a desenlaces imprevistos y a veces trágicos.

Los orígenes de El Salvador se registran cuando estos territorios eran parte de la hacienda El Salado, cuyo casco ya en ruinas se ubica en el municipio de Vanegas, SLP, pero en su época de gran esplendor como latifundio abarcaba tierras de Coahuila, Nuevo León, Zacatecas y San Luis Potosí. En 1918, El Salvador fue erigido como congregación municipal perteneciente a Concepción del Oro. En 1920 recibió la categoría de Ayuntamiento, pero no fue sino hasta 1985 cuando se convirtió en Municipio Libre, teniendo a El Salvador como su cabecera municipal y población más importante.

NOROESTE

BAJA CALIFORNIA

OTROS LIBROS DE MITOS Y LEYENDAS DEL MISMO AUTOR:

Historias y leyendas de San Miguel de Allende / Stories and Legends of San Miguel de Allende. Edición bilingüe / Bilingual Edition. 1ra. edición: SMA, Guanajuato. 2025.

Mitos y leyendas de Nuevo León. 1ra. edición: SMA, Guanajuato. 2024.

Misterios - leyendas de San Luis Potosí. 2da. edición: SMA, Guanajuato. 2024.

Mitos y leyendas de huachichiles. 3ra. edición: SLP. 2026.

Mitos, relatos y leyendas de todo San Luis Potosí. 2da. edición: SMA, Guanajuato. 2023.

Mitos, cuentos y leyendas de Nuevo León. Regiones Citrícola y Sur. 1ra. edición: Guadalajara, Jalisco 2022.

LIBROS DE NARRATIVA DE HOMERO ADAME:

Viajes por México: un mundo plural entre fronteras. 1ra. edición: CdMx. 2026.

El pueblo festivo. 1ra. edición: Cuernavaca, Morelos. 2024.

Catorce voces por un Real. 2da. edición: SMA, Guanajuato. 2024.

OBRAS DE INVESTIGACIÓN DE HOMERO ADAME:

Haciendas del Altiplano. Historia(s) y leyendas. Tomo I. Grandes latifundios virreinales. 2da. edición: SMA, Guanajuato. 2024.

Haciendas del Altiplano. Historia(s) y leyendas. Tomo II. De la Independencia a la Revolución. 2da. edición: SMA, Guanajuato. 2023.

Creencias, mitos y leyendas de animales. 2da. Edición: SMA, Guanajuato. 2024.

Judíos ashkenazitas de San Luis Potosí. Las familias. 2da. Edición: SMA, Guanajuato. 2024.

Plantas medicinales del noreste mexicano. 2da. Edición: SMA, Guanajuato. 2024.

Títulos disponibles en Amazon

El cerro de la Ballena

Mexicali

*T*e tengo una leyenda hermosísima para alguno de tus libros. Ahora que estuve en Mexicali, en un rato libre me puse a platicar con varios maestros de la universidad y entre plática y plática salieron algunas leyendas. Es que les dije que tú andas escribiendo un libro y pues se pusieron a contarme varias cosas bien interesantes. Grabé algunas, pero otras no se grabaron. De todos modos, me acuerdo de una leyenda que me gustó mucho y que habla de una ballena. Va así:

Resulta que allá en Mexicali hay un cerro muy famoso que le llaman "el cerro de la Ballena", y es famoso porque, según me contaron, tiene la forma de ballena. Sucede que hace muchos años, tantos que ni los más ancianos se acuerdan, se inundó toda esa región. Parece que fue tal la inundación que las aguas del Golfo de California y las del Océano Pacífico cubrieron aquellas tierras, pero era tanta, tanta el agua que incluso las ballenas del Pacífico ¡llegaron hasta allá! Entonces platican que un día llegó una ballena gigante que estaba muy gorda –dicen que por cría– y los pobladores la veían con muchísima curiosidad porque era enorme, o sea que su tamaño era anormal y por eso nadie se atrevía a cazarla, sería por miedo, por respeto o porque simplemente en Mexicali no había balleneros ni pescadores. Tú sabes que ahí es medio desértico y no tiene salida al mar.

Entonces sucede que a los pocos días hubo algo así como un terremoto muy fuerte que removió las aguas e hizo que se regresaran a sus respectivos mares. Según esto, en pocos días toda esa región quedó húmeda pero no inundada. Sin embargo, al momento del terremoto parece que se fue levantando la tierra y fue formando así como dos cerros, pero se levantaron exactamente donde estaba esa ballena gigante. Se fueron levantando los cerros llevando a la ballena en medio y luego quedó un solo cerro y, según la leyenda, la ballena parece que quedó apachurrada, enterrada ahí. Por eso se llama "el cerro de la Ballena". Me dijeron los maestros que, si alguna vez tú vas para allá, te pongas en contacto con ellos y que con gusto te llevan a conocer el famoso cerro.

Dra. Patricia Grounds,
coordinadora de proyectos en educación del Consejo Británico

Las ballenas han desempeñado un papel significativo en diversas culturas alrededor del mundo. Su enorme tamaño, su vida en el océano y sus comportamientos únicos han inspirado leyendas y relatos en numerosos lugares. En la mitología inuit (esquimal), por ejemplo, hay historias que hablan sobre ballenas que se convirtieron en montañas, sirviendo como guardianes de la tierra y el mar y protectoras de los pescadores. En algunas las culturas de Polinesia, a las ballenas se les considera seres sagrados y, cuando mueren, se convierten en islas o montañas; transformación que simboliza el ciclo de la vida y la conexión entre el mar y la tierra. La montaña puede ser vista como un homenaje a la grandeza de estos animales. En un contexto nacional, en Villa Hidalgo, Zacatecas cuentan también de una ballena convertida en cerro, y en un contexto regional, en Puerto Peñasco, Sonora tienen su cerro de la ballena también. Y en un sentido más amplio, la conversión de ballenas en cerros también se puede interpretar como un simbolismo de la sabiduría y el conocimiento, pues las ballenas, que han navegado por los océanos durante milenios, representan la memoria ancestral de la naturaleza. Las montañas, por otro lado, son vistas como símbolos de permanencia y estabilidad.

Mexicali fue fundada el 14 de marzo de 1903 en un valle agrícola que décadas antes había sido adjudicado a Guillermo Andrade, aunque las primeras referencias datan de 1775. Es la capital del estado desde el 16 de febrero de 1952, cuando Baja California dejó de ser un territorio federal para convertirse en entidad federativa.

El coyote, según los paipai

Ensenada

Yo soy de un pueblito de Baja California, pero crecí en Ensenada. Allá cuentan los paipai que ellos veneran al coyote porque es un animal muy astuto, el más astuto de todos los animales porque aparte de sus cosas y sus costumbres, también saben cuándo algo va a suceder y a su manera le avisan a la gente. Aunque sea muy lejos lo que va a suceder, el coyote ya lo sabe y por eso se acerca a la gente y aúlla cerca de la casa como para avisarles que algo malo está por suceder y no es que sea un asunto de mal agüero sino más bien está avisando que hay que tener cuidado porque algo va a suceder, por ejemplo: que puede haber un accidente, que puede venir una tormenta, que ahí viene una granizada o alguna cosa mala.

Dicen los paipai –creo que ya no quedan muchos– que esa astucia del coyote viene desde mucho tiempo antes cuando devoraba corazones humanos, o sea, dicen que las tradiciones de los paipai de cuando alguien moría en vez de sepultarlos ellos los incineraban, hacían una hoguera con leña y así incineraban a sus difuntos, pero como el corazón humano tarda mucho en quemarse, entonces si la gente se descuidaba el coyote lo agarraba y se lo comía ya tostadito. Entonces, y como los paipai respetan mucho al coyote porque saben que no es malo, no lo iban a molestar o no lo iban a espantar, sino que cuando había difunto trataban de distraer o mantener ocupado el coyote con algunas cosas para que no se acercara, pero siempre se las ingenia para robarse el corazón ya tostadito.

Y bueno, esto tal vez sí sea cierto porque el comportamiento de los coyotes no es como el de los perros o el de otros animales salvajes, son muy listos y cuando uno les entiende sabe que se acercan a uno para dar aviso de lo que va a pasar, se acercan a tu casa, aúllan y donde menos te lo esperas recibes una mala noticia o muere alguno de tus parientes. Así es la inteligencia del coyote que conoce muchas cosas que nosotros los humanos no conocemos, como esto de predecir las cosas malas que vienen, pero conste que los coyotes no son seres del mal, ellos nomás avisan.

Beto Peralta, taxista en CdMx

El coyote ocupa un lugar destacado en el folklore de las culturas amerindias, siendo un animal multifacético que simboliza diversas características y valores en la mitología y folklore de distintos pueblos indígenas de América del Norte y Mesoamérica. Entre los navajo, los hopi y los sioux, por ejemplo, el coyote es visto como un ser astuto, embaucador que usa su inteligencia para desafiar las normas y engañar a los humanos. A pesar de su comportamiento tramposo, el coyote a menudo representa la sabiduría, pues se le asocia con la enseñanza y la transmisión de conocimientos a las generaciones más jóvenes, sirviendo como un guía espiritual que muestra la importancia de la astucia y la inteligencia en la supervivencia. También es un símbolo de la conexión con la naturaleza. Su capacidad para adaptarse a diferentes entornos y situaciones refleja la relación dinámica entre los seres humanos y su entorno natural. A través de historias y mitos, se transmiten enseñanzas sobre la convivencia armónica con la tierra y los animales. Asimismo, el coyote también representa la dualidad de la vida, encarnando tanto aspectos positivos como negativos. Por un lado, es un maestro y un símbolo de ingenio; por otro, puede ser visto como un embaucador que causa problemas. Esta dualidad refleja el equilibrio de las fuerzas en la naturaleza y en la vida. En México es también mensajero de calamidades y de la Muerte, aunque no es el coyote mismo el que provoca las desgracias, sino es un simple mensajero como al final del relato recalca el narrador.

Los paipai son un pueblo amerindio originario del norte del estado de Baja California, asentados en el municipio de Ensenada. Con aproximadamente 200 hablantes, según el INEGI en febrero de 2020, los paipai tradicionalmente se dedicaban a la caza, la recolección y la agricultura en pequeña escala y en la actualidad se dedican a la ganadería, la explotación de productos naturales y la elaboración de artesanías de fibras como ixtle. Su lengua es el pai pai, perteneciente a la familia lingüística chochimí-yumana.

Coyote

Imagen creada con Generador de imágenes en Bing
con tecnología de DALL .E 3
https://www.bing.com/images/create/

Fantasmas en La Rumorosa

Tecate

Una vez unos primos míos iban por la carretera de La Rumorosa a Mexicali. Era una carretera muy peligrosa por las curvas y la sierra y antes de que hicieran más carriles había muchísimos accidentes, que se caían los autos, los camiones en los barrancos, y hasta autobuses y se quedaban abajo porque ni quién quiera sacar la chatarra. Entonces dicen mis primos que iban por la carretera, despacio por lo peligroso, y que al salir de una curva estaba parada en medio de la carretera una familia, los papás y los niños estaban parados así con la ropa toda rota y manchada como de sangre seca. Se detuvieron para ayudarlos porque seguramente habían tenido un accidente ahí. Entonces pasaron, bajaron más la velocidad y más adelantito pudieron encontrar un hueco para hacerse a un lado y estacionarse y que no fuera peligroso. Caminaron al lugar donde estaba la familia y no había nadie, ni señales de gente, nada. Eso los asustó mucho y de rato pasó un camión que también se detuvo pensando que ellos tenían un accidente y le dijeron al chofer que no, que se habían parado porque habían visto a una familia como pidiendo auxilio. El camionero les dijo que seguramente eran los fantasmas de una familia que había muerto en un accidente allá abajo porque son cosas de las historias que saben los camioneros.

Muchos años más tarde, uno de estos primos se fue con unos amigos en bicicleta de montaña en las partes bajas de La Rumorosa y encontraron abajo pues muchos coches chatarra muy oxidados y me contó que andaba por ahí una persona que se les hizo bien raro porque andaba como esos pordioseros andrajosos que no traen ni zapatos y la ropa la traen toda gris y la piel sucia, oscura como que no se han bañado en 20 años y el pelo largo todo hecho nudos. Andaba solo. Les dio cosa el hombre ese y le ofrecieron agua y comida y el hombre apenas podía decir palabra, pero dijo que andaba buscando a sus hermanos que el día anterior se cayeron en un autobús. Pensaron que estaba loco –bueno, tenía pinta de loco– porque no se sabía de un autobús que se hubiera accidentado ni el día anterior ni desde hace mucho tiempo. Total, ahí quedó la cosa, se fueron en su recorrido y acamparon por ahí. Tiempo después, platicando con otra gente de eso les dijeron que han de ser apariciones de los muchos difuntos que murieron en accidentes porque esa carretera era muy peligrosa y que también hay gente que aprovecha los accidentes y antes de que lleguen los rescatistas pues ya están abajo para robarse las joyas, el dinero o las pertenencias de los muertos. Son cosas feas, pero pues suceden.

Marco Aurelio Cárdenas,
agente de bienes raíces en San Luis Potosí

En el folklore de diferentes culturas alrededor del mundo existen infinidad de historias y leyendas sobre fantasmas de personas que han muerto en accidentes carreteros. Algunos ejemplos son en la Ruta 66 (carretera de 3,940 que va desde Chicago hasta Los Ángeles, en los Estados Unidos) que ha sido escenario de numerosos accidentes mortales; tiene una leyenda negra de carretera maldita porque la conocen como la Ruta 666, el "número de la Bestia" y por eso, se dice, es una carretera maldita. En El Salvador tienen al "carretero del pantano" una leyenda de un hombre que, por causa de un accidente en un camino oscuro, su alma quedó atrapada y su aparición es advertencia para los conductores temerarios, pues presagia accidentes inminentes. En Japón, se cuenta la historia de una joven que murió en un accidente automovilístico y su ánima, conocida como Hachishaku, aparece en las noches en carreteras solitarias y provoca que los conductores se distraigan y pierdan el control de sus vehículos. Esto nos lleva a una saga de leyendas mexicanas conocida como "la Muerta", que trata de una joven mujer que murió trágicamente en una carretera, se aparece, pide aventón, alguien la lleva y la mujer simplemente desaparece antes de llegar a su destino, o bien, el conductor la deja en la casa de ella, ella olvida su abrigo y el conductor regresa al día siguiente para devolverlo y enterarse, en voz de los padres de la joven, que murió justo un año antes en aquella carretera.

La Rumorosa es un área montañosa ubicada en el municipio de Tecate, Baja California, México, conocida por sus impresionantes paisajes y formaciones rocosas, además de su antigua sinuosa carretera.

Por un decreto del presidente Benito Juárez, el 14 de marzo de 1861 se creó la colonia agrícola de Tecate. El 2 de abril de 1888 se fundó el pueblo de Tecate. El 8 de marzo de 1915 se creó el municipio de Tecate en su primera época, pues en 1923 el municipio fue reducido a delegación. El 1° de marzo de 1954 comenzó la segunda época del municipio con la instalación del ayuntamiento.

Carretera de La Rumorosa

Foto tomada de:
https://jalisco.quadratin.com.mx/principal/
un-recorrido-por-la-rumorosa-la-carretera-que-susurra/

Tihuan

Tijuana

*E*ntre las leyendas de Tijuana cuentan que se llama así porque había una mujer muy bondadosa que le decían la tía Juana y ella ayudaba a la gente que necesitaba cualquier cosa y esto fue mucho antes de los tantos migrantes que llegan ahora. En ese tiempo, Tijuana era un lugar muy alejado y chico y si llegaba alguien al pueblo y necesitaba cobijo o alimento, la gente le decía: "Ve con la tía Juana" y luego esa gente cuando andaba en otras partes decía: "Es que estuve con la tía Juana y ella me ayudó" y eso, así se quedó el nombre de Tijuana.

Pero hay una historia, una leyenda más antigua que a mí me gusta mucho desde que me la contaron cuando estaba en la primaria allá en Tijuana —me vine a vivir a Monterrey hace más de cuarenta años. Es la historia del Tihuan, un guerrero de no recuerdo cuál tribu, pero mucho más atrás de la época de los indios de cuando la conquista y las misiones jesuitas, o sea que debe haber sido en la época de los gigantes y todo eso. Tihuan era un guerrero que tenía tres hijos y cuando los hijos crecieron les dijo: "Vayan a buscar fortuna, establezcan sus tierras". Uno se fue a Tecate y fundó Tecate, otro se fue a Mexicali y fundó Mexicali y el tercero ganó por los rumbos de Ensenada y fundó Ensenada, mientras que Tihuan siguió viviendo en lo que es ahora Tijuana. En alguna batalla triunfó cuando llegaron unos invasores y él con sus propias manos acabó con ellos y por eso el pueblo le dio su apoyo para que se convirtiera en el cacique —así les llamaban antes a los gobernantes. Empezó una época de prosperidad porque Tihuan era un hombre muy justo que también apoyaba y cuidaba a su gente. Dicen que era un hombre corpulento, muy grande, pero no gigante, tan grande y fuerte que podía cazar animales feroces sin necesidad de armas o palos o piedras, que era lo que se usaba en aquella época, sino con sus propias manos doblegaba a un puma o a un oso. Pero resulta que entre la tribu había un tipo muy envidioso que sabía las artes mágicas de las malas, eso de la magia negra y cosas así. Entonces parece que hizo un hechizo para acabar con Tihuan, pero igual era muy poderoso y no lo podía matar con eso. Entonces ese tipo envidioso preparó un veneno especial con su magia y puso las flechas en ese veneno toda la noche y en la mañana, cuando Tihuan salió de su casa, el tipo lo estaba esperando y le disparó las flechas, lo hirió y casi quedó muerto en ese mismo lugar, pero alcanzó a decir sus últimas palabras, dijo: "Ahora me voy a convertir en cerro para proteger a mi gente y desde siempre va a estar protegida por mí" y así murió Tihuan y se formó el cerro Colorado que es el más conocido allá en Tijuana, aunque también hay gente que le dice el cerro de la Tortuga dormida porque sí parece tortuga.

Lic. Rubén Balderas, radicado en Monterrey

*T*ocante a eso de los cerros encantados, yo tengo familia en Tijuana y cuentan ellos que en el mentado cerro Colorado que pasan cosas muy raras. No sé si sean leyendas o imaginaciones o cuentos o embustes –vaya usted a saber–, pero *quesque* en las faldas de ese cerro han visto un caballo grandísimo que sale de repente, pero no se le aparece a cualquiera nomás porque sí, no señor, es que dicen que es una conseja de Tijuana que al que se le aparece ese caballo le viene algo, que una noticia, que se va aliviar de algún mal que trae, que va encontrar algo extraviado, hasta que se va sacar la lotería. Eso dicen, o sea que es de buena suerte que se le aparezca a uno ese caballo, pero no a todos.

Dicen también que mucha gente ansiosa va al cerro con las ganas de que se les aparezca el mentado caballo, pero nada, pero que sí ven luces en el cielo de la noche. No sé si sean luces como de brujas o luces como de platillos voladores que sí hay, sí hay, mire.

También van muchos vagos al cerro a drogarse, a tomar, a hacer cosas indebidas y dicen que a esos luego les pasan cosas feas porque el cerro Colorado es un lugar sagrado desde el tiempo de los indios de antes y que el espíritu del cerro se enoja y castiga a la gente sin quehacer.

Y también cuentan que el cerro Colorado es de ese color porque allí han derramado mucha sangre desde el tiempo de los primero pobladores y parece que un guerrero muy famoso murió en la punta del cerro cuando no era cerro sino una lomita rala así nomás y cuando se murió porque lo mataron los enemigos –no sé si los españoles o los piratas, pero creo que fue cosa de más atrás–, que la lomita empezó a crecer y se hizo cerro y de color colorado por la sangre de ese hombre tan valiente que protegía a su gente y, dicen, es el ánima que protege a Tijuana, a la gente de Tijuana.

Juana María Fernández, originaria de Creel, Chihuahua

La leyenda de la tía Juana como origen del nombre de Tijuana es muy conocida y, quizá, la más aceptada en el folklore regional. La del Tihuan, en cambio, no es tan popular, pero sí más rica en simbolismos y motivos de mitología y folklore universales. Por un lado, se menciona a un cacique que tiene tres hijos, siendo el tres un número con fuerte carga en mitología, por ejemplo, la trinidad en el cristianismo (Padre, Hijo y Espíritu santo) o el concepto hinduista de la trimurti (Brahma, Vishnu y Shiva), o bien, el ciclo de nacimiento, vida y muerte o el del cuerpo, mente y espíritu. Por otro lado, tenemos la envidia manifestada en un guerrero antagónico que utiliza cualquier artimaña para aniquilar a su enemigo y lo logra, envenenándolo con flechas mágicas. Sin embargo, el bien prevalece cuando el cacique antes de morir decide convertirse en cerro y de tal modo proteger a su pueblo.

En la segunda versión tenemos datos que son más del folklore o leyendas urbanas, como las luces misteriosas, el castigo por faltas a la moral o la aparición ocasional de un caballo que es de buen augurio; elemento poco común en las leyendas. La narradora también aporta algo al origen del cerro.

La ciudad de Tijuana se fundó el 11 de julio de 1889 y doce años después, en 1901, se convirtió en la primera subprefectura del municipio. En 1925 hubo un intento de cambiar el nombre por el de Zaragoza que no tuvo éxito y continúa llamándose de Tijuana. En 1953, cuando se creó el estado de Baja California, Tijuana fue ascendida a cabecera municipal. Desde hace algunos años es considerada como una de las ciudades con mayor crecimiento en el país y es también, junto con San Diego, el cruce fronterizo con mayor movimiento en el mundo.

Cerro Colorado

Foto tomada de:
https://fumarybailar.blogspot.com/2012/06/cerro-colorado-dos-montanas-pequenas-en.html

NOROESTE

BAJA CALIFORNIA SUR

Un ahogado

Cabo San Lucas

Hay una historia aquí en Baja California Sur que habla de un ahogado en el mar. Esa historia mucha gente la cuenta y supuestamente ocurrió hace muchos años. Parece que andaba alguien en el mar y se ahogó y su espíritu quedó penando. Lo que cuentan es que cuando se meten los buzos al mar, ese ahogado se les aparece y no les deja salir; como que trata de ahogarlos también. Muy pocas veces han contado que se aparezca en las playas, pero hay quienes dicen que sí; más bien ese ahogado se aparece más adentro en el mar y ha de haber sido alguien que se ahogó andando en su lancha –sería de pesca o algo así– y el mar atrapó su espíritu y como sigue penando entonces como que busca venganza y por eso trata de ahogar a otras gentes.

Parece que esa historia también se dio en un lugar de aquí el corredor [turístico] donde se llama Hacienda del Mar. Hace muchos años había allí un barco varado y, según cuentan, ese barco ya iba llegar a la orilla de la playa y el capitán no se dio cuenta de que estaba tan cerquita y fue así como chocó el barco y se quedó varado. Duró muchos años ese barco ahí, pero cuando vendieron lo que es la orilla de la playa para construir uno de esos hotelotes, los nuevos dueños decidieron desaparecer ese barco. Era muy conocido ese barco, muy visitado, porque era de un marino muy rico que traía muchas joyas y oro y cosas de esas. La manera como los desaparecieron fue desarmándolo pieza por pieza hasta que ya lo pudieron quitar completito. Fue mala onda porque ese barco era muy conocido y muchos de los visitantes que venían a estos lugares siempre querían ir a visitar el barco varado. Dicen que decidieron quitarlo porque ya estaba muy oxidado y podía ser peligroso para los bañistas; es que mucha gente antes se metía y quería explorar ese barco y era peligroso.

[...]

Bueno, no, la historia del barco y la del ahogado no tiene relación. Lo del barco se sabe que estaba en ese lugar que se llama Hacienda del Mar, y la historia del ahogado la cuentan en muchas partes de Baja California Sur, pero también la contaban gentes que venían a ver al barco varado.

Ely Rodríguez, originaria de Puebla

El ahogado es un motivo recurrente en muchas leyendas de cualquier parte del mundo y, podríamos decir, existe toda una saga de relatos que lo tienen como personaje principal. Dado que su muerte ocurrió de una manera trágica, se cree que su ánima no puede encontrar descanso fácilmente y por eso se aparece en el sitio del accidente. Aun más: estas leyendas exploran temas de pérdida, dolor, duelo y también reflejan el temor y el respeto a los cuerpos de agua. Asimismo, son historias que suelen servir como advertencias sobre los peligros del agua y las emociones humanas profundas.

Los territorios donde se encuentra el municipio de Los Cabos, en el extremo sur de la península de Baja California, estaban habitados por los pericués principalmente, así como por grupos de cochimíes y de guaycuras. El descubrimiento del llamado Puerto San Lucas fue el 3 de julio de 1542, por el explorador español Juan Rodríguez Cabrillo. La fundación oficial con el nombre de Cabo San Lucas fue a finales de mayo de 1842. Desde los años 70 del siglo pasado ha tenido gran auge que lo ha convertido en uno de los destinos turísticos más importantes del país.

El coromuel

La Paz

Hay una tradición que es exclusiva y muy de aquí de La Paz que es la del viento el coromuel. Éste es un viento que entra después de las seis de la tarde y es el mismo viento que en aquellos tiempos de los piratas ayudaba a un pirata para que entrara a la bahía de La Paz a refugiarse –todas estas bahías son, eran lugares de refugio– y entonces el pirata se llamaba Cromwell y por degeneración del lenguaje y cosas de esas sucedió que la gente decía: "Ahí viene el coromuel" o "Uy, cuidado que ahí viene el coromuel" y se referían al pirata, pero como se acabaron los piratas se quedó la tradición de ese nombre y así le llaman a ese viento rico y sabroso que le da una cierta frescura a La Paz después de las seis de la tarde y se le quedó el nombre del coromuel.

Ahora ese lugar donde se supone que Cromwell y sus piratas enterraron los tesoros se llama "El Coromuel", que es un balneario junto a la playa; es un lugar de recreo para las familias y es una playa muy preciosa –muy tranquilo ahí–; es un lugar esplendoroso que vale la pena sentarse ahí en las tardes a disfrutar del atardecer. Se dice que ahí enterraron los tesoros porque como estaba lejos en aquel tiempo de La Paz, entonces los piratas desembarcaban y enterraban los tesoros que asaltaban a los barcos españoles.

Ing. Rafael Salamanca Ramírez,
empleado del IMSS, originario de Veracruz

El coromuel es un fenómeno meteorológico característico de La Paz, Baja California Sur, y forma parte importante del folklore de la región. Se trata de un viento que sopla con fuerza generalmente durante las tardes y que se origina por la diferencia de temperatura entre el mar y la tierra. Este viento es conocido por su capacidad para refrescar las temperaturas calurosas del día. Además, dicen que este viento tiene su propia mística, pues hay quienes aseguran que su sonido evoca recuerdos de tiempos pasados, añoranzas e historias de pescadores.

En torno a Cromwell, las únicas referencias de él son a través de la tradición oral y supuestamente se llamaba Samuel Cromwell.

En 1596, el almirante español Sebastián Vizcaíno nombró a este lugar como La Paz. En 1683, otros exploradores arribaron a la bahía y la nombraron Nuestra Señora de la Paz. En 1720, los misioneros jesuitas Jaime Bravo y Juan de Ugarte fundaron la Misión de La Paz. En 1972 se reinstaló el municipio libre en el territorio donde se ubica la ciudad y en 1975 la ciudad recibió la categoría de cabecera municipal.

Imagen tomada de:
https://www.elsudcaliforniano.com.mx/circulos/cromwell-y-otros-piratas-que-invadieron-tierras-californianas-2341219.html

La Giganta

Comondú

—¿Ya manejaron allá rumbo a Loreto? Se los recomiendo; hay lugares bien fregones y de [Villa] Insurgentes a Loreto hay que cruzar la sierra de La Giganta. Por ahí es donde les digo que está la leyenda de la giganta que, según la cosa, era una mujer muy grande, de cuando la época de los gigantes, mucho antes del diluvio que acabó con ellos. Es pura leyenda y aunque uno luego no cree en esas cosas, comoquiera las cuenta porque así son las pláticas, ¿no?

—¿Cómo llegamos allá?

—La verdad no sé cómo explicarles exactamente para llegar allá; una vez fui yo con unos amigos y no me acuerdo bien. Esa vez que fuimos allá acampamos y era un fin de semana. Entonces conocimos a un señor que fue el que nos platicó eso de la giganta. O sea que él nos platicó que por ese rumbo hay esa leyenda de que antes en toda la península vivían los gigantes, pero cuando con el diluvio se acabaron. Yo la verdad no he escuchado más pláticas del diluvio y lo que todos sabemos es lo que nos contaban en el catecismo cuando estábamos morritos, y la única plática aparte es esta que les digo que nos contó ese señor y la verdad no sé si sean así como creencias de los indios que todavía viven por allá.

"Pero, bueno, parece que esta mujer muy grande andaba de este lado y ella no se murió como los suyos, sino que se salvó porque el agua del diluvio no acabó con lo que ahora es todo Baja California, pero sí acabó con lo demás. Entonces platicó [el señor] que ella se quedó sentada viendo hacia su tierra, lo que ahora es el golfo [de California], y se quedó sentada y ahí se quedó hasta que se murió de tristeza porque ya no existía nada de su tierra ni de su gente. O sea que la giganta se murió y como en aquel tiempo ya no había gente, entonces ella ahí se quedó sentada ya muerta y luego se fue haciendo piedra, o algo así.

—Entonces se quedó convertida en cerro, en un pico.

—Sí, ese señor nos platicó que la giganta es ahora uno de los picachos que hay en esa sierra, pero es una sierra muy larga y la verdad quién sabe cuál de los picachos sea supuestamente ella. Digo yo que debe de ser el picacho más alto, será por Puerto Escondido o un poco más por ahí, al norte o al sur. Ojalá y vayan para ese rumbo. Si van pregúntenle a la gente de por allá y de seguro alguien les da señales de cuál es el mero picacho de la giganta.

Juan Carlos Estrada Rodríguez,
mesero radicado en La Paz

En el folklore de diversas culturas, la figura de una mujer que se convierte en cerro o montaña es un motivo recurrente que simboliza transformaciones, sacrificios, una forma de eternidad o inmortalidad y, también, la conexión entre la naturaleza y lo divino. Un ejemplo cercano lo tenemos en la leyenda de los volcanes Popocatépetl e Iztaccíhuatl proveniente de la mitología mexica.

Por otra parte, en el relato titulado **Un gigante**, *correspondiente a Hércules, municipio de Querétaro, ya se explicó un poco sobre los gigantes en la mitología de varias partes del mundo. Ahora, en este relato de Comondú, Baja California tenemos la variante de cómo murió una giganta —la última de su especie— y cómo pervive hacia la eternidad.*

La sierra de la Giganta es una cordillera que recorre la península de Baja California de noreste a sureste y su pico más alto, que tal vez sea el origen de la leyenda de la Giganta, tiene una elevación de 1,650 m y se encuentra cerca de San Pedro, entre Piedra Rodada y San José de Comondú.

Esta región de Comondú históricamente ha estado dividida por los grupos cochimíes del norte y los guaycuras, del sur. Las primeras crónicas hispanas fueron escritas hacia 1685 por el almirante Isidoro Atondo y el misionero jesuita Eusebio Kino.

Una isla habitada sólo por mujeres

Isla Cerralvo, municipio de La Paz

Acá todavía cuentan una historia de que en la Isla de Cerralvo –no queda muy lejos de aquí, pero desde aquí no se ve–, cuando llegaron los conquistadores nada más vivían allá puras mujeres, que era un lugar dominado por las mujeres y que ningún hombre estaba permitido a ir y que tampoco se atrevían porque ellas lo mataban. Según la historia, ellas venían acá a La Paz para buscar embarazarse y cuando tenían al bebé, si era varoncito lo mataban y si era niña la criaban. La verdad yo no sé si haya sido cierto, pero así decía en unos libros de historia. Cuando yo era maestro nos tocaba enseñar esto que le digo a los alumnos, y la verdad no sé si todavía salga esta historia en los libros de ahora.

Pero, déjeme decirle, hay gente de por aquí, los pescadores más viejitos, ¿verdad?, que cuentan que en la punta norte de la isla había en veces que a ellos les tocó mirar algo como reuniones de puras mujeres, que las miraban así como alrededor de una fogata y que estaban sería bailando o haciendo una reunión de magia o de religión, quién sabe. Pero contaban que no siempre se miraba eso, sino que muy de vez en cuando, en veces especiales, como en noches de luna, digamos. Entonces uno piensa que a lo mejor hay como un encanto allá y en ciertos días se abre el encanto y el que ande por ahí puede ver lo que sucede. Mire, en otras palabras y en los piensos de uno, a lo mejor es como una puerta a otra dimensión. No sé.

Luego platicaban que había una mujer que era como la reina y que ella nunca vino a La Paz a buscar hombre para embarazarse porque no le gustaban los hombres –quién sabe si haya sido marimacha ella o qué; eso la historia no lo dice. Pero parece que ella era la que dictaba las leyes, y las escribía en hojas, y que también escribía poemas y también la historia de su pueblo, de su isla. Pero parece que esos escritos de ella se perdieron y esto que le cuento, que ahora sabemos por pláticas, quedó registrado como historia platicada porque la gente la cuenta a la gente más joven para que nunca se olvide que allá vivieron puras mujeres en un tiempo muy remoto.

Olegario Vázquez, maestro jubilado de La Paz

El concepto de sociedades matriarcales es un tema recurrente en la historia de la humanidad. El ejemplo más conocido es el de las amazonas, de la mitología griega, siendo ellas un grupo de guerreras que vivían en una sociedad matriarcal. También de la Grecia antigua tenemos que Creta fue una isla gobernada por una reina sacerdotisa hasta 1500 a.C. En Indonesia habitan las minangkabau, un grupo étnico que es considerado ejemplo de matriarcado. En India, África y Centro América existen ejemplos de sociedades matriarcales o matrilineales.

El ejemplo de este relato, en la Isla de Cerralvo antiguamente habitada por los pericúes, tiene como antecedente una mención que hizo Hernán Cortés en su Cuarta Carta de Relación, cuando relata que uno de sus capitanes, durante un viaje por la región de Colima descubrió "una isla toda poblada de mujeres, sin varón ninguno".

Con 29 km de largo y 7 km de ancho, Isla Cerralvo se encuentra a 65 km al este de La Paz. Fue mencionada por primera vez en 1533 por el explorador Fortín Jiménez y se le dio el nombre de Isla Santiago. En 1632 recibió su nombre en honor a Rodrigo Pacheco y Osorio, 3er marqués de Cerralbo y virrey de la Nueva España de 1624 a 1635. En 2009 su nombre oficial cambió por el de Isla Jacques Cousteau, en honor al oceanógrafo francés.

NOROESTE

CHIHUAHUA

Foto tomada de:
https://miradademujerespinosa.blogspot.
com/2012/08/minas-en-santa-eulalia.html

El espíritu de las minas

Santa Eulalia, municipio de Aquiles Serdán

Como aquí fue un mineral muy importante en siglos pasados, claro que sí cuentan historias de las minas. En mi familia hubo tradición de mineros y hasta yo aquí sigo, aunque vendiendo artesanías de piedritas de cristal que todavía sacan por estos rumbos. Pero de leyendas... bueno, hay una creencia entre los mineros de por acá que no sé si sea leyenda o no. Dicen que cada mina tiene un espíritu y que no es así como un espíritu ni bueno ni malo, pero que es un espíritu que da cuando el minero lo trata bien y quita si el minero lo trata mal. Algunas personas todavía creen que para tratar bien a ese espíritu hay que llevarle y dejarle una botella de tequila y una cajetilla de cigarros para que luego dé una bonanza; según esto, da bonanzas hasta en las vetas que supuestamente ya están agotadas. Ah, pero si el minero tiene malos sentimientos contra la mina cuando está trabajando adentro, entonces el espíritu se lo traga y nunca vuelven a saber del minero. También, si el minero anda trabajando con envidia, el espíritu hace que la plata se convierta en plomo o hasta hace que se desaparezca la veta.

Hay una plática de quién sabe hace cuánto tiempo, pero es de cuando las minas de Santa Eulalia eran muy ricas. Cuentan que había un minero muy envidioso y que le llevó un regalo al espíritu de la mina —cigarros y tequila— para que le diera riqueza. Parece que iba el minero con otros dos amigos y dejaron el regalo en un socavón y esperaron para ver qué pasaba. Ahí se estuvieron mucho rato y de repente oyeron una voz más adentro porque ellos estaban allí en la entrada de la mina. No, pues ya sintieron que el espíritu les iba a dar algo, una riqueza, una bonanza. Entonces se metieron por el socavón y a un lado, donde siempre había pura roca, vieron como una puerta que se estaba abriendo. Se asomaron los tres amigos y como traían cascos con lámpara, vieron que adentro de esa puerta había puras barras de plata. *No'mbre*, los tres amigos se frotaron las manos porque ya tenían la riqueza nomás para agarrarla y llevársela. Pero como el minero era envidioso, les dijo a sus amigos que él iba a entrar primero a investigar. Entonces cuando cruzó esa como puerta, la misma voz que ya habían oído le dijo: "¿Quieres más? Pásale y saca todo lo que puedas." Y el minero se metió. Ah, pero como era muy envidioso ese señor, entonces la puerta se cerró. Sí, la puerta se cerró, así contaron sus amigos, y la mina se lo tragó. Por envidioso el espíritu de la mina lo castigó.

Humberto Cruz, vendedor de artesanías

En un relato anterior (EL JERGAS, [Pinos, Zacatecas]) ya se habló del Jergas, un personaje o entidad asociado con las minas. En otras regiones mineras del país se le da otro nombre, o bien, genéricamente se le dice espíritu de la mina, que es un motivo recurrente en el folklore de muchos centros mineros del mundo. Estas entidades, espíritus o seres representan la fascinación humana por el mundo subterráneo, así como el respeto y el temor hacia la naturaleza y los peligros de la minería. Son seres que ayudan o afectan, dan o quitan y tienen la capacidad de alterar los elementos, como transmutar las metales en este ejemplo, según dice el narrador.

El 26 de marzo de 1652, el capitán Diego del Castillo denunció una mina encontrada en la hacienda de Tabaloapa y la llamó Nuestra Señora de la Soledad. Con su denuncia solicitó terrenos para fundar haciendas de beneficio. Así surgió Santa Eulalia de Mérida, real de minas que perteneció al municipio de Chihuahua hasta el 20 de junio de 1901, cuando se le concedió la categoría de Municipio Libre con el nombre de Santa Eulalia. Sin embargo, su nombre actual, Aquiles Serdán, se le dio el 28 de diciembre de 1932 en honor al revolucionario originario de Puebla.

LA BRUJA JUANA

CHÍNIPAS

—Me han platicado que allá rumbo a Sonora, pero todavía de este lado en Chihuahua, había una bruja muy conocida que se llamaba Juana; *la bruja Juana*, le decían. Ella era indígena, pero no tarahumara porque en aquel rumbo lado viven otros que no son tarahumaras. No sé si era yaqui o warojío*, pero cuentan que era una mujer muy conocida por sus brujerías, porque sabía mucho de la brujería y que aprendió de sus gentes de más antes.

—¿Bruja o curandera?

—*Pos* qué le diré, oiga…, la verdad no sé yo si era bruja de las que hacen brujerías o si era curandera de las que curan, pero cuentan que mucha gente iba hasta su tierra a consultarla. Se iban en el tren y allá en la estación de Témoris se bajaban para luego caminar como dos días seguidos hasta llegar a Chínipas, donde vivía *la bruja Juana*. Cuentan que mucha gente llegaba de muchas partes a consultarla, de acá de Chihuahua, de Sonora, del otro lado (Estados Unidos).

"Pero usted ha de saber que eso de la brujería no trae nada bueno porque mucha gente, y las autoridades también, no entienden bien y creen que las brujas nomás andan haciendo brujerías malas. Entonces parece que a ella la mataron a garrotazos unos policías porque dijeron que les había echado una brujería o algo así.

"Luego se platicó que a esos policías asesinos les fue de la fregada porque, cuando estaban golpeando a *la bruja Juana*, el Diablo mismo se presentó para defenderla a ella. Pero también dijeron que no era el Diablo —eso lo inventaron los

---

* Tal vez se refiera a la etnia cahita perteneciente al grupo étnico de filiación lingüística yuto-azteca. Su idioma forma parte de la que se conoce como familia tara-cahita, integrada por el yaqui, mayo y warojío.

policías para justificar su crimen, entiendo yo–, sino que fueron los espíritus que eran como los amigos de *la bruja Juana* y esos espíritus quisieron defenderla, pero ella comoquiera se murió de tanto garrotazo porque le abrieron la cabeza hasta que se le salió toda la sangre. Pero a esos policías les fue peor porque, me contaron a mí, que los espíritus los atormentaron pero muy feo hasta que se murieron ellos como a la quincena de una muerte muy fea.

—¿Sabe si en Chínipas sigue existiendo la tradición de brujería?

—No, quién sabe si allá haya brujas todavía, pero sí me contaron que ella dejó descendencia. No es que haya tenido hijos, sino que ella dejó gente que aprendió de ella todos los secretos de la brujería. Y es que así son las cosas, lo que uno sabe se lo enseña a otros y así conservamos las costumbres, las creencias de uno, y entonces *la bruja Juana* dejó descendencia y esas brujas nuevas se quedaron allí o se fueron a otras partes a trabajar; eso no sé.

Samuel Mireles, guía de turistas en Creel

En el folklore universal se distingue una delgada línea divisoria entre brujería y curanderismo. La interpretación o definición puede variar dependiendo de la influencia cultural de cada lugar o de cada individuo. Por ejemplo, en pueblos de México con fuerte tradición indígena, un curandero sabe de sanación, de hierbas, de medicina tradicional, de rituales sagrados y de artes mágicas, mientras que en lugares con mayor influencia cristiana hay una separación más marcada entre un curandero y un brujo, siendo este último estigmatizado, pues es sabido en cultura general que, con la llegada de los colonizadores españoles, se produjo un sincretismo entre las creencias indígenas y las tradiciones europeas a la sazón recién salidas del oscurantismo medieval. Por lo tanto, las brujas, tal como se conocían en la Europa de la época, se convirtieron en figuras temidas y perseguidas. En este contexto, muchas mujeres u hombres que practicaban la medicina tradicional o que eran líderes dentro de sus comunidades pudieron haber ser sido acusados de brujería y llevados a las cortes de la inquisición y eso sucedió con frecuencia en el México colonial donde los curanderos eran acusados de brujería de herejía y llevados a la hoguera bajo un juicio eclesiástico, sin defensa laica.

Chínipas es una región de la Baja Tarahumara ubicada en Chihuahua colindando con Sonora y Sinaloa. La evangelización de esta región comenzó en 1626 con los sacerdotes Pedro Juan Castini y Julio Pascual, quienes establecieron la primera misión. En 1758 se descubrieron yacimientos, dándole tal importancia que, con la Constitución de Cádiz en enero de 1821, se le concedió la categoría de municipio.

Paisaje de Chínipas

Foto tomada de:
https://mx.pinterest.com/pin/549017010816053285/

Las bolas de fuego

Delicias

Hay cosas muy curiosas que a uno le ha tocado ver, más que nada en la noche, y luego no les halla explicación. Por ejemplo, a muchos de nosotros nos ha tocado ver bolas de fuego en el cielo y no *nomás* en la noche. Unos creen que son los mentados OVNIS, pero la verdad yo no creo que gentes de otro planeta anden por aquí, ¿eh? Mire, allá por los llanos de Los Gigantes –está muy seco, es puro desierto– yo he observado que muchas de esas bolas de fuego, cuando son chiquitas, luego caen a la tierra y resulta que son las piedritas coloradas, como de metal, que uno se encuentra regadas por ahí y que les decimos los "aerolitos". Según me han platicado, hay otras bolas de fuego que los ojos de uno no están capacitados para verlas, pero que supuestamente sí existen.

Cuando yo era joven conocí a un hombre que decían que era curandero, aunque también decían que era brujo. Ese señor, que se llamaba Luis, venía por los rumbos del Saucillo –aquí cerquitas– a buscar plantas para hacer sus curaciones. Ahí andaba entre el monte. Él era muy platicador y contaba cosas que a lo mejor nada más estaban en su imaginación, pero uno nunca sabe. Como le digo, hay cosas que luego uno no le halla explicación y a lo mejor los cuentos que contaba ese hombre que le digo eran cosas sin explicación para uno, pero cosas que sí existen en el mundo; cosas que no ven los ojos, como los fantasmas, las ánimas chocarreras y cosas de esas que sí existen, ¿verdad?

Ese Luis una vez nos estuvo platicando a varios muchachos que hay unas bolas de fuego que son como ruedas que vienen rodando y rodando por todas partes, que suben y bajan cerros, que atraviesan paredes y árboles, pero que no queman ni destruyen nada a la vista de uno. Decía que eran bolas de fuego que luego causaban la muerte y que la Muerte es esas bolas de fuego que van rodando y rodando y le pegan a la gente y a los animales hasta que un día los mata de tanto pegarles. Entonces creo yo que esas bolas de fuego no son las mismas que uno ve que caen del cielo en la noche, sino que, en caso de que existan, andan aquí en la tierra y son la Muerte misma, como dijo ese Luis.

Ernesto Torres Fierro, ganadero

Para muchas culturas, los llamados "fuegos fatuos" son luces que aparecen en zonas despobladas principalmente. Se les describe como bolas de fuego que flotan en el aire y pueden deslumbrar a quienes las ven. En algunas partes de Europa se creía que estas luces eran almas en pena o espíritus malévolos que llevaban a las personas a su perdición. En regiones como en los Balcanes, se tiene la creencia de que las bolas de fuego presagian desastres o cambios climáticos. En tiempos modernos, las leyendas urbanas asocian a las bolas de fuego con objetos extraterrestres.

Lo que ahora se conoce como el municipio de Delicias era antiguamente una hacienda llamada Delicias que abarcaba tierras de Meoqui, Rosales y Saucillo, hasta que el 7 de enero de 1935 el Congreso del Estado decretó la creación del municipio de Delicias e integrarlo al sistema de riego agrícola número 05 creado tres años antes, en 1932. Por su parte, Delicias, la cabecera municipal recibió el título de ciudad el 29 de octubre de 1960.

Una casa como de los chinos

Chihuahua

*E*sto que le voy a platicar no es cuento ni me lo platicaron a mí; yo lo viví y se lo voy a contar tal como me sucedió. Tenía doce años cumplidos —ahora tengo 81 y échele cuentas nomás… Estábamos chiquillos y los compitas del barrio ahí andábamos de traviesos en las tardes y nos daba por ir a jugar al Cerro Grande; eran tiempos cuando todo eso estaba despoblado. Los mayores siempre nos decían que tuviéramos cuidado porque allá se habían perdido muchas personas en diferentes años. Eso que nos decían era como una leyenda y por muchos años siguió siendo leyenda o conseja, como también le dicen. Es que, según esto, se aparece una casa como de los chinos, así dice la leyenda, pero no es leyenda, yo la vi y todos los compitas la vimos y uno de ellos se desapareció para siempre, o casi para siempre. Ahí está el misterio.

Le digo, una tarde nos subimos al cerro los compitas del barrio para jugar y ahí andábamos cuando uno nos dijo: "Miren, miren, allá se ven unas banderas rojas". Sí, se veían las banderas bien clarito y luego vimos una casa que nunca habíamos visto antes, o sea que se apareció así nomás. Ya estaba pardeando y dijimos "Pues vamos a ver qué es", y ahí vamos todos, pero al irnos acercando nos entró como un miedo. Ya estábamos bien cerca y vimos que la puerta de la casa se abrió solita; no había nadie. Que nos echamos a correr de retache, pero Carlitos, que era el más valiente, dijo: "Éjele, no sean niñas; vamos a ver qué hay adentro de la casa". Ninguno de nosotros se atrevió a seguirlo, pero lo vimos que llegó hasta la puerta de esa casa tan rara y se metió, sí, se metió. Y que la puerta se cierra y luego se desapareció la casa y las banderas. *No'mbre*, ahora sí nos asustamos en serio y a correr todos.

Cada quien llegó a su casa y contó lo que había pasado.

Luego los papás de todos nosotros salieron juntos a buscar a Carlitos y no lo hallaron, como tampoco vieron la casa ni las banderas rojas que nosotros todos sí habíamos visto. Avisaron a los gendarmes y todo el día siguiente buscaron y buscaron a Carlitos y nada, nunca hallaron su cuerpo porque pensaron que a lo mejor se había caído en un pozo o algo así. Muchos de los mayores también pensaron que alguien se lo había robado y a nosotros nos preguntaban que qué había pasado y cada uno de nosotros dijo lo que vio. Aunque nadie podía creer, finalmente aceptaron que la casa de la leyenda se tragó a Carlitos.

Y bueno, pasaron los años y las cosas como que medio se olvidan, ¿no? Y los compitas crecimos y nos desbalagamos; cada uno hizo su vida y quién sabe qué habrá sido de la mayoría. Y le digo, así pasó el tiempo y de la familia de Carlitos supimos que se habían ido todos al otro lado. Nomás una tía de él siguió viviendo aquí en Chihuahua, pero por otro rumbo.

Y aquí viene lo más raro de todo esto, déjeme contarle cómo estuvo: hace como unos veintitantos años estábamos con las mecedoras afuera en la calle, porque hacía mucho calor, cuando pasó un chamaquito todo asustado porque dijo que no daba con su casa. "¿*Pos* a quién buscas?", le pregunté yo. Que "a mis papás", dijo el chamaquito. Le pregunté y ya nos dijo quiénes eran sus papás y yo le pregunté que cómo se llamaba él. "Que Carlos Estrada", me dijo. *No'mbre*, en ese momento sentí que la piel se me puso chinita, chinita. ¡Era Carlitos! No me va creer, pero era mi amiguito Carlitos y ¡seguía siendo un chamaquito! Entonces yo le dije quién era yo y no me quiso creer. Le dimos de cenar y le platicamos que su familia se había ido al otro lado y él nos contó que se metió un ratito a la casa de los chinos y que nomás pasó un día allá. Dijo que durmió en una cama bien a gusto y que en la mañana le dieron un desayuno bien sabroso y que luego lo llevaron a pasear por un pueblo hasta que ya fue hora de regresar y al salir le dieron unas monedas de regalo. Sí, eran ocho monedas de puro oro, yo las vi porque Carlitos me las enseñó. Y pensar que a lo mejor ni sabía el valor de esas monedas. La verdad, la verdad, nadie le podíamos creer lo que nos estaba contando, pero cómo se explica uno que hayan pasado tantos años y Carlitos siguiera igual que como yo lo había visto la última vez, ¿eh?

Total. Lo llevamos a la casa de su tía y usted se puede imaginar la alegría de ella de volver a ver a Carlitos. Yo lo vi tres veces más hasta que se lo llevaron al otro lado con sus hermanos; me imagino que sus papás para entonces ya habían muerto, no sé.

Y bueno, esa es la historia que yo le puedo contar de esa casa de chinos que no es leyenda, es real, pero lo curioso es que no está ahí; nomás se aparece de vez en cuando. Y hasta la fecha pienso en Carlitos y todavía no entiendo cómo fue posible que hayan pasado tantos años y él no se hubiera hecho viejo como uno. Son misterios…

Juan Manuel Rentería, comerciante

Las paradojas temporales son un tema que se repite en las leyendas de diversas culturas del orbe y también en literatura de ficción. Por su contenido, este tipo de historias explora la relación entre el tiempo y la realidad utilizando motivos o elementos convencionales como son cuevas que se abren una vez al año o lugares inexistentes en términos de cotidianidad que de pronto aparecen, así como una o más personas que entran a esas paradojas y creen estar en el otro lugar un día o un tiempo determinado cuando en esta realidad han pasado muchos años, o por el contrario, aunque menos comunes, hay historias de alguien que cruzó a otra realidad, cree haber estado allá muchos años y cuando regresa, en su percepción han pasado pocas horas, pero la persona ha envejecido varios años.

En este relato llama la atención la referencia a una casa "como de los chinos" y las banderas rojas. No sabemos si se refiere a una pagoda, pero lo que sí sabemos es que a finales del siglo XIX hubo una fuerte migración china hacia México, pero con la intención de cruzar a los Estados Unidos. Mientras esperaban el permiso o visa se establecieron en ciudades fronterizas y algunos echaron raíces. En el censo de 1930 se registraron 884 personas de origen chino viviendo en la ciudad de Chihuahua.

Cabe añadir que una leyenda muy conocida de Chihuahua es aquella que habla de una casa que en algún tiempo estuvo habitada por una familia de chinos donde ocurrieron crímenes intrafamiliares en diferentes tiempos, pero el contenido es muy distinto al presentado en este relato.

Los primeros españoles en pisar tierras que ahora son Chihuahua fueron las huestes de Juan de Oñate, en marzo de 1598. Medio siglo después, en 1652, se fundó Santa Eulalia que atrajo a mineros, gambusinos y caza fortunas a la región. Debido a la orografía de Santa Eulalia, además de la belicosidad de los nativos, era poco factible establecer una ciudad que pudiera extenderse, por eso el 12 de octubre de 1709 se fundó el Real de Minas de San Francisco de Cuéllar, hoy Chihuahua capital del estado, que ha sido escenario de importantes hechos históricos, sobre todo de la Revolución con Francisco Villa al frente.

Pagoda

Imagen creada con Generador de imágenes en
Bing con tecnología de DALL .E 3
https://www.bing.com/images/create/

Otros libros de mitos y leyendas del mismo autor:

Historias y leyendas de San Miguel de Allende / Stories and Legends of San Miguel de Allende. Edición bilingüe / Bilingual Edition. 1ra. edición: SMA, Guanajuato. 2025.

Mitos y leyendas de Nuevo León. 1ra. edición: SMA, Guanajuato. 2024.

Misterios - leyendas de San Luis Potosí. 2da. edición: SMA, Guanajuato. 2024.

Mitos y leyendas de huachichiles. 3ra. edición: SLP. 2026.

Mitos, relatos y leyendas de todo San Luis Potosí. 2da. edición: SMA, Guanajuato. 2023.

Mitos, cuentos y leyendas de Nuevo León. Regiones Citrícola y Sur. 1ra. edición: Guadalajara, Jalisco 2022.

Libros de narrativa de Homero Adame:

Viajes por México: un mundo plural entre fronteras. 1ra. edición: CdMx. 2026.

El pueblo festivo. 1ra. edición: Cuernavaca, Morelos. 2024.

Catorce voces por un Real. 2da. edición: SMA, Guanajuato. 2024.

Obras de investigación de Homero Adame:

Haciendas del Altiplano. Historia(s) y leyendas. Tomo I. Grandes latifundios virreinales. 2da. edición: SMA, Guanajuato. 2024.

Haciendas del Altiplano. Historia(s) y leyendas. Tomo II. De la Independencia a la Revolución. 2da. edición: SMA, Guanajuato. 2023.

Creencias, mitos y leyendas de animales. 2da. Edición: SMA, Guanajuato. 2024.

Judíos ashkenazitas de San Luis Potosí. Las familias. 2da. Edición: SMA, Guanajuato. 2024.

Plantas medicinales del noreste mexicano. 2da. Edición: SMA, Guanajuato. 2024.

Títulos disponibles en Amazon

NOROESTE

DURANGO

Ojuela y puente colgante

Foto tomada de: https://www.elsiglodedu-
rango.com.mx/noticia/2023/difundiran-mas-el-puente-de-ojuela.html

Casia, la curandera de Ojuela

Ojuela, municipio de Mapimí

Cuentan que hace muchos años, cosa de siglos pasados, vivió aquí una mujer que se llamaba Casia y decían de ella que era bruja, que era bruja porque sabía cosas de la magia, pero también era curandera. Eso es lo que cuentan de ella, aunque también cuentan que con sus brujerías ella fue la que construyó el puente y lo hizo tan sólido que nunca se va a caer, pero esas son leyendas porque sabemos que el puente lo construyó el mismo ingeniero que construyó el Golden Gate allá en San Francisco, en California.

De esta mujer llamada Casia, que vivía sola y no tenía hombre ni tuvo familia, cuentan que venía mucha gente a consultarla porque era muy famosa, muy famosa principalmente como curandera y que una de sus técnicas para curar a la gente que traía el espíritu enfermo era haciendo rituales en el puente, o sea que llevaba a la persona caminando a medianoche por el puente y a mitad del puente hacía el rito y es cuando ella le hablaba a los espíritus del río –casi siempre está seco–, pero no los espíritus del agua sino los espíritus del viento que en el viento le decían qué tenía que hacer para sanar al espíritu enfermo. Entonces ya con la información regresaban al caserío, a la comunidad ahí cerquita, y en su tejabán –porque así vivía, muy humilde ella– preparaba el brebaje o la pócima que tenía que darle a la persona enferma y rápido se curaba. La fama de Casia crecía y crecía por lo mismo, porque era una mujer que tenía mucho conocimiento y parece que ella era de los indios de más antes que vivieron en esta región.

Cuando murió Casia, encontraron en su chocita muchas figuras de barro y de cebo con espinas y cosas así; entonces decían que también hacía brujería y eso para muchos era mal visto por ser cosas de la magia negra, pero los que recibieron un buen favor de ella la recuerdan más como curandera.

Y ahora aquí viene lo bueno porque ya nos salimos de la historia y nos vamos a meter en las leyendas que usted anda buscando. Mire, cuentan que todavía el espíritu de Casia vive allá en Ojuela y en ocasiones, a medianoche, hay personas que van y la invocan para que los cure de algún problema muy grave que tienen, pero ella solamente ahora cura cosas del espíritu, ya no del cuerpo. Eso es lo que cuentan.

Celestino Jáuregui, campesino de Mapimí

Ya hemos comentado sobre la delgada línea divisoria entre brujería y curanderismo y en este relato el narrador hace notoria la diferencia de cómo una mujer tenía el conocimiento de sanar el ánima enferma de alguna persona.

Cabe destacar la mención específica de los espíritus del agua y del viento, pues es sabido que curanderas y brujas invocan a ciertos espíritus en particular, o bien, hacen uso de los recursos disponibles, como es el viento en el ejemplo expuesto en el relato.

El mineral de Ojuela fue descubierto en 1592 por el fraile Servando de Ojuela. Con la denuncia y la llegada de gambusinos y mineros fue necesario fundar un pueblo, pero dadas las características geográficas y orográficas de Ojuela se decidió fundarlo en tierras bajas, fue así que el 25 de julio de 1598 se fundó Santiago de Mapimí en territorios habitados por los nativos tobosos.

El famoso puente colgante de Ojuela, con 315 m de largo, 276 de pasarela y una altura de 100 m, es el más largo de América Latina. Su construcción inició en 1899 con el propósito de acceder a la mina de Santa Rita, la más productiva en oro y plata entre 1826 y 1928. Al cargo de la obra estuvo Santiago Minhguin, ingeniero alemán reconocido por haber construido el famoso puente Golden Gate de San Francisco, California.

La montaña de plata

Durango

Vázquez del Mercado fue el primer español que pisó estas tierras, se llamaba Ginez Vázquez del Mercado; vivía en Guadalajara y se dedicaba a la minería y una vez buscando minas le informaron en Nayarit que había acá una montaña de plata maciza. Él se entusiasmó y armó una expedición y se vino a buscar la montaña de plata que lo haría el hombre más rico del universo. Sin embargo, cuando llegó aquí se dio cuenta de que no era de plata; los informantes indígenas lo habían confundido, era un cerro metálico, era un cerro de fierro en lugar de ser de plata. Él, decepcionado, se regresó otra vez a Guadalajara. En el camino lo asaltaron los indígenas y le provocaron heridas mortales y murió en Juchipila, Zacatecas; fue sepultado en el convento de Juchipila. A este cerro lo único que le dejó fue su nombre; por eso se llama "Cerro del Mercado", por Ginez Vázquez del Mercado que fue el descubridor español del cerro.

Esto que le digo es historia, pero también existe una leyenda de la montaña de plata, de cómo se formó la montaña de plata. Ahí en el libro ese azul que le acabo de regalar está esa leyenda que yo escribí, de la montaña de plata. Y se habla de que, en épocas muy remotas, mucho antes de lo prehispánico, esta zona era habitada por indígenas que siempre tuvieron como su diosa principal a la Luna. Muchos siglos después, el cacique en turno tenía una hija que se llamaba Xóchitl y ella era adoradora de la luna, atendía el templo de la luna. Sin embargo, una noche, cuando ella se bañaba en el río fue asaltada por un hombre blanco —eran los primeros españoles que se miraban en estos lugares y andaban tratando de conocer la zona desde un punto de vista geográfico y estratégico. El padre de Xóchitl —estamos hablando de 1532–, el padre de ella recibió esa información y se sintió burlado por su hija de estar en brazos de un hombre blanco. Ordenó sacrificarla y le abrió el pecho, le sacó el corazón y se lo ofrendó a la luna. La sangre de su hija la regó a los cuatro puntos cardinales y la dejó tendida sobre una roca para que fuera devorada por las fieras y por los buitres porque era una mujer indigna para su raza por haberse entregado a los brazos de un blanco. Pero la información era falsa porque no había sucedido tal cosa, sin embargo, él, encolerizado, reunió a toda su tribu y ordenó que salieran rumbo a Zacatecas y abandonaron el lugar.

Para esto, el cadáver de Xóchitl quedó tendido sobre aquella piedra y la Luna, que contempló toda la tragedia, al admirar aquel cuerpo inocente ahí sin vida empezó a llorar lágrimas de plata para cubrir el cuerpo de la doncella, formarle un catafalco de plata. Y todas las noches de cada día que pasaba, la Luna seguía llorando lágrimas de plata que caían sobre el cuerpo de Xóchitl y todo aquel cúmulo de lágrimas constituyeron una montaña de plata.

Es la misma montaña que hablaban los indígenas de Nayarit porque para ellos era una leyenda, la leyenda de la montaña de plata. Sin embargo, y volviendo a la historia ya mezclada con leyenda, cuando Ginez Vázquez del Mercado llegó para apoderarse de la montaña de plata, ya cuando venía aproximándose aquí en el cerro del sacrificio se dice que todavía alcanzó a divisar lo que brillaba con la luz del sol que se estaba ocultando detrás de la montaña y que él dijo: "Soy el hombre más rico del universo." Pero al siguiente día, cuando llegó al cerro, ya era de fierro porque la Luna, al advertir que el hombre blanco se iba a apoderar del cuerpo de Xóchitl que está en el interior de la montaña, convirtió a la montaña en montaña de fierro, por eso Ginez Vázquez la encontró de fierro.

Luego resulta que pasó del tiempo. El fierro no tuvo gran utilidad entre los españoles y respetaron la montaña de fierro, pero llega la industrialización del siglo XIX y del siglo XX en que empiezan a explotar el fierro, y cuando empiezan a explotarlo con mucha precipitación, misteriosamente el cerro que había sido de fierro se convierte en montaña de roca caliza y las compañías de fierro y acero de Monterrey quisieron demoler el cerro, cortarlo. Si van a visitarlo lo encontrarán ustedes partido, y se darán cuenta de que ni siquiera es de roca ferrosa, es de roca caliza y eso fue por acción d la luna.

Esa es una de las leyendas de Durango, muy bella, y nos habla de cómo la Luna ha hecho cambiar el aspecto del cerro por lo menos en dos ocasiones para proteger a la doncella Xóchitl, su protectora, su sacerdotisa.

Manuel Lozoya Cigarroa,
escritor y recopilador de leyendas

Los cerros o las montañas de puro oro o de plata son motivo recurrente en las leyendas de muchas partes del mundo. Su quimérica riqueza simboliza la fortuna, la opulencia y, a la vez, la ambición desmedida y las consecuencias que pueden derivarse de la búsqueda de riqueza material. Asimismo, pueden verse como metáforas de las aspiraciones humanas y los dilemas morales que enfrentamos en la búsqueda de nuestros sueños.

En el relato tenemos motivos convencionales de mitología y folklore como es la conexión de la Luna con la plata como metal y su valor intrínseco. También, el poder divino de la Luna como entidad para transfigurar elementos materiales y, de tal modo, confundir o castigar a los humanos cuya ambición de riqueza los lleva a destruir lugares sagrados o naturales.

No se tiene una fecha exacta del descubrimiento de Durango, pues hubo varios conquistadores que pasaron por estos territorios habitados por los ódami (tepehuanos del norte); entre otros se menciona a Nuño Beltrán de Guzmán, Álvar Núñez Cabeza de Vaca, Juan de Tapia y Ginez Vázquez del Mercado, quienes estuvieron antes que Diego de Ibarra, el fundador de la Villa de Durango el 8 de julio de 1563, que fue capital de la provincia llamada Nueva Vizcaya. En 1824 se fragmentó la provincia y se formaron varios estados, entre ellos el de Durango, con la ciudad del mismo nombre como su capital.

Las riquezas de Juan Nepomuceno Flores

Peñón Blanco

*E*sta hacienda de Peñón Blanco es muy antigua, creo que tiene más de 150 años. Ahorita el dueño es un minero que vive allá en Durango, pero han sido varios los propietarios de la hacienda y, le voy a decir, la mayoría nunca le tuvieron cariño a la finca, y por eso se vino abajo. Bueno, allá cuando la revolución villista se vino abajo, casi se acabó la hacienda. La casa grande quedó abandonada. Luego la fueron comprando esos propietarios y todo esto se puso peor, hasta que el dueño de ahora la compró y ya la está arreglando. Él sí le tiene cariño.

La hacienda, tal como usted la ve, pero cuando estaba en su apogeo, la construyó nada menos que don Juan Nepomuceno Flores. Ese señor fue el hombre más rico que ha habido en todas estas tierras; no, qué le digo, en todo Durango, en todo el norte. Sí, el hombre más rico en todo el norte. Era tan rico pero tan rico que parece que llegó a tener 99 haciendas y sólo le faltó una para recibir el título de conde. ¿Si conoce usted acá para Pedriceña? Bueno, esa hacienda también fue de él. Tenía haciendas ganaderas, haciendas agrícolas, haciendas mineras, haciendas algodoneras. *No'mbre*, don Juan Nepomuceno controlaba todo.

Cuando se murió, parece que esta hacienda la heredó uno de sus hijos —cuentan que tuvo 99 hijos y que le heredó una hacienda a cada hijo, pero son pláticas, no sé si haya sido cosa cierta. El hijo que heredó esta hacienda —habrá sido el mayor— parece que no fue un buen patrón porque trataba mal a los trabajadores. No, si hubiera sido como su papá otra cosa hubiera sido. Don Juan Nepomuceno fue un hombre muy derecho y muy buen patrón —eso cuentan. Entonces, el asunto viene de que, según unas pláticas de los viejitos de antes, cuando se murió el hijo de don Juan Nepomuceno su ánima no encontró descanso por causa de tantos pecados que debía. Y decían que hasta de repente se aparecía el ánima y que andaba por todo el pasillo, pero que al llegar a la puerta de la iglesia, la puerta se cerraba —ahora está cerrada, pero en aquellos entonces siempre estaba abierta. O sea que su ánima andaba penando y no podía ni entrar a la iglesia para pedir perdón. Como le digo, esas eran pláticas de los viejitos. Yo aquí vigilo y me he quedado hasta muy de noche y nunca he visto nada ni he oído nada que me pueda dar miedo.

Juan Lozano Vargas, campesino y velador

En el folklore universal, los espíritus que no encuentran descanso debido a sus malas acciones en vida suelen ser referidos como ánimas chocarreras o fantasmas. Se cree que esos espíritus están atrapados en un estado equivalente al purgatorio cristiano y el hecho de que se manifiesten puede ser un recordatorio del peso de la culpa y la necesidad de redención. De igual modo, se cree que las apariciones se dan en el lugar donde murió la persona, o bien, donde causó sufrimiento a otras personas. Podemos deducir que si hay algún tipo de moraleja en este tipo de leyendas es la de advertencia sobre la importancia de vivir una vida ética y considerada.

No se sabe con exactitud quién fundó Peñón Blanco ni cuándo, pero hacia 1561 ya se hablaba de un convento franciscano en Peñol (nombre original de la actual cabecera municipal), así como pequeñas misiones levantadas para pacificar y catequizar a los nativos ódami (tepehuanos del norte) y también a nómadas zacatecos que recorrían esos territorios. Las primeras haciendas en la región se establecieron hacia 1616. La hacienda de Peñón Blanco fue parte del latifundio del citado Juan Nepomuceno Flores Alcalde, nacido en 1795 y fallecido en 1886. Él desarrolló la industria textil en la región.

Cabe añadir que la mención de las 99 haciendas y el casi título de conde tiene una referencia legendaria similar en torno a Juan Nepomuceno de Moncada, marqués de Jaral de Berrio. Véase: Misterios en la hacienda, el las páginas 38 y 39.

Un sitio ritual de los pigmeos

Mezquital

—*E*sa cascada de la cañadita era donde los pigmeos hacían sus mitotes. Dicen que ellos eran unas gentes *ansina* de chaparritas que tenían su habitadero en la salida del cañón, donde ahora está el balneario [La Joya]. Pero en los *asegunes* sabemos que la gente esa sólo entraba al fondo del cañón para el asunto de sus mitotes y sus fiestas, o sea que no iban todo el tiempo porque no tenían permiso. No era como uno que se mete aquí a la parroquia a cualquier hora, ¿verdad?

—¿Entonces iban por cuestiones rituales?

—Sí, yo pienso que ellos tenían sus creencias, sus dioses, *ansina* como los tepehuanes que creen en Dios, pero también creen en otros dioses, que el de la lluvia, que el del viento y cosas de esas. Entonces los pigmeos habrán tenido sus creencias porque ellos habitaban acá antes de que llegaran los misioneros con la religión.

—¿Y este es el único lugar de los pigmeos?

—No, esa aldea no era la única. Hay otras a toda la vera del río, para arriba y para abajo; son parecidas las casitas, pero no hay cascadas como la que ya vio usted. Pero esas [aldeas] quedan relejos y casi nadie va para allá. Sabemos que ya no quedan pigmeos, pero luego dicen que sí los ven, que son semejanzas, apariciones. Yo no sé.

—Y de las cuevas, ¿sabe si hay pinturas rupestres o grabados que hayan dejado ellos?

—Sí, yo conozco hartas cuevas con esos dibujitos que usted dice, pero aquí sabemos que esos dibujitos no los pintaron los pigmeos porque, en los *asegunes*, dicen que los pintaron gente de mucho más antes.

— ¿Los gigantes?

— No, que yo sepa nunca he oído de los gigantes por acá. Creo que ellos habitaban más para el lado de Zacatecas. Allá habitaban ellos y los pigmeos chaparritos aquí.

—Y de los tepehuanes de ahora, ¿serán descendientes de los pigmeos?

—Bueno, no, los tepehuanes no están emparentados con esos pigmeos porque no son chaparritos, sino que son como uno. Los tepehuanes viven allá para el sur por rutas de herradura y también allá para el poniente en la sierra. Ellos vienen a surtir despensa aquí a Mezquital y si usted les pregunta de los pigmeos a lo mejor no le dicen nada porque son muy secos; no hablan mucho ellos.

Don Artemio, campesino

Los pigmeos son grupos étnicos que habitan en selvas de África ecuatorial y, desde tiempos remotos, han sido cazadores-recolectores, forma de vida que poco ha cambiado. Se caracterizan por su baja estatura –los hombres miden 1.50 m en promedio. Por otra parte, se creía que los aborígenes del sureste asiático y de algunas islas del Pacífico eran también pigmeos, dada su baja estatura, pero desde hace décadas se desechó esa postura porque los estudios indican que no comparten ADN con los pigmeos africanos.

Ahora bien, los "pigmeos" de Mezquital son todo un misterio porque poco se sabe de ellos y su existencia puede considerarse más leyenda que realidad, excepto por algunos restos arqueológicos cercanos a una cascada y la cueva de Pitayo al pie del Cerro Blanco que insinúan una aldea miniatura con construcciones habitacionales de un metro de alto, aproximadamente.

Mezquital es un municipio y cabecera municipal ubicada en la parte serrana del sur del estado de Durango. Históricamente ha sido también centro de población indígena de diversas razas o grupos, incluyendo a los cuasi míticos "pigmeos", llamados así porque eran de muy baja estatura comparados con los tepehuanos, zacatecos y otros que tenían presencia en esa región. Desde principios del siglo XVII ya había misiones franciscanas

en la zona. En 1861, San Francisco de El Mezquital se convirtió en municipio tras separarse de Nombre de Dios.

Cascada Los Pigmeos, en Mezquital, Dgo.

Foto tomada del perfil de Laura Torres en Pinterest:

https://es.pinterest.com/pin/104638391326168038/

NOROESTE

SINALOA

Ángela Peralta

Foto tomada de:
https://selecciones.com.mx/
el-ruisenor-mexicano-124-anos-de-angela-peralta/

ÁNGELA PERALTA

MAZATLÁN

Mire, aunque esto que le voy a contar es una historia que tiene mucho de anécdota, también tiene su leyenda porque de Ángela Peralta se sabe que murió allá en Mazatlán. Resulta que ella llegó para hacer un espectáculo allá por 1902 o 1903, que fue la época cuando hubo una epidemia de peste bubónica en el puerto. Entonces se cree que cuando Ángela Peralta llegó a Mazatlán parece que en el barco en que venía agarró la enfermedad del virus de la peste bubónica y de eso murió en Mazatlán; fue una tragedia que alcanzó notas en los periódicos nacionales porque ella era una celebridad.

Ahora, de lo que yo no estoy muy segura pero todo mundo cuenta es que después de muchos años, como después de 50 años, abrieron la tumba de Ángela Peralta porque los restos se los iban a llevar a la Rotonda de los Hombres Ilustres allá en México, y siempre se dijo que las personas que la desenterraron murieron por peste bubónica porque todavía estaba el virus vigente en el féretro de Ángela Peralta. Luego hubo rumores de que había una maldición y cuanta cosa, de que a lo mejor fue un castigo divino por andar profanando tumbas, pero eso ya es lo que la gente le pega a los misterios para sentir que al menos existe una explicación.

Georgina Guadalupe Gómez Gámez,
radicada en León, Gto.

Mis abuelos eran de Mazatlán y platicaban ellos de cuando se murió Ángela Peralta, que se murió por el virus de la peste, que como había una epidemia en Mazatlán casi no se permitió que se hicieran los funerales que ella merecía porque era una mujer muy famosa en eso de la ópera, la mejor cantante mexicana de aquel tiempo y tal vez después también en el tema de la ópera. Entonces fue un sepelio no muy grande, pero comoquiera mucha gente fue o al menos estuvieron en las calles donde pasó la carroza para llevarla al panteón que luego le dieron su nombre. Mis abuelos decían –no sé si ellos o los papás de ellos– que vieron eso pasar y luego años después contaban –y no sé si todavía lo cuenten porque ya no tengo familia en Mazatlán y no he preguntado– contaban que en el teatro que también lleva su nombre se aparecía Ángela Peralta, o sea su ánima, y cantaba. El teatro estaba cerrado en la noche y el guarda casas escuchaba ruidos y la voz de ella y decía que era Ángela Peralta porque su voz era tan especial que era inconfundible.

Andrés Castillo, artesano de Ciudad de México

Ángela Peralta, conocida como "la Perla de Occidente" o "el Ruiseñor mexicano", fue una destacada soprano nacida el 6 de julio de 1845 en la Ciudad de México. Es reconocida por su impresionante talento vocal y su contribución al mundo de la ópera en México y en el extranjero hacia finales del siglo XIX. Peralta se presentó en importantes escenarios de Europa y América, ganándose el reconocimiento y la admiración del público.

Lamentablemente, su vida tuvo un desenlace inesperado, muriendo el 30 de agosto de 1883 en Mazatlán por causa de una epidemia de fiebre amarilla que afectó a la ciudad en esos días que fue para dar conciertos y hacer presentaciones. Fue sepultada en Mazatlán y muchos años después, el 11 de abril de 1937, sus restos fueron trasladados a la Rotonda de los Hombres Ilustres en Ciudad de México.

La fundación de Mazatlán fue el 14 de mayo de 1531 por veinticinco castellanos que habían sido enviados por Nuño Beltrán de Guzmán luego de haber fundado Culiacán. En sus inicios tuvo dos nombres antes de recibir el actual: Villa de los Costilla y Puerto de Hortigosa. Por su desarrollo y potencial económico, fue capital del estado entre 1859 y 1873.

El túnel

Culiacán

De lo que es la presidencia municipal se cuentan leyendas, de las famosas leyendas culichis*. Una de ella dice que hay un túnel debajo de la presidencia y que corre a la iglesia y que va a las casas más importantes, las más antiguas. Pero primero hay que saber que lo que es el Ayuntamiento originalmente fue un convento de los jesuitas, de cuando llegaron por esos rumbos a pacificar a los indígenas que eran muy bravos, que no se dejaban catequizar. Luego el convento lo hicieron seminario y construyeron más espacios. Cuando corrieron a los jesuitas, esa propiedad pasó a ser un hospital que duró muchos años como hospital. Allí mucha gente se curó, pero también mucha gente se murió y dicen que en algunas de las habitaciones se oyen ruidos, gemidos porque, por un lado, dicen que las paredes oyen y esas paredes antiguas son muy antiguas, con los muros grandes y se quedaron aquellos ruidos, pero también dicen que las ánimas que no alcanzaron descanso porque murieron de alguna manera trágica o dolorosa son las que todavía se oyen.

Y del túnel, pues del túnel dicen que, en las noches muy tranquilas, que ya son pocas, y más en la madrugada, de repente se oye por debajo de la tierra el traca, traca, traca de los cascos de los caballos o de las yuntas, no sé, y el ruido de las ruedas se oyen que van a algún lugar hasta que se dejan de oírse. Entonces dicen que esos ruidos son cosas del pasado porque pasaban por abajo los españoles en aquella época para cuidarse de los indios cuando había guerras y también los jesuitas se iban por abajo a la iglesia.

Y también cuentan de mucha gente ha tratado de encontrar el túnel porque supuestamente hay tesoros. Me han contado

---

* Gentilicio de los originarios de Culiacán.

que sí han escarbado en casas antiguas y han encontrado sótanos y han encontrado cosas antiguas, pero así de tesoros muy ricos no creo y no creo porque Culiacán en aquellos años no era tan rico.

Mario Alberto Sánchez, veterinario radicado en CdMx

En las ciudades coloniales mexicanas se cuentan infinidad de historias y leyendas de tiempos pasados, muchas de las cuales hablan de túneles que, se dice, conectan distintos puntos históricos y arquitectónicos. Ciudades como Guanajuato, Puebla, Zacatecas, Morelia, Querétaro y, por supuesto, Ciudad de México cuentan con túneles que han sido explorados, documentados y partes de ellos son atractivo turístico. En otras ciudades, sin embargo, los túneles son rumor, leyenda que incitan la imaginación por lo desconocido, por sus posibles misterios, sus tesoros que avivan la ambición de mucha gente y contribuyen al encanto de los centros históricos de esas ciudades.

El 29 de septiembre de 1531, el conquistador Nuño Beltrán de Guzmán fundó la Villa de San Miguel de Culiacán y le asignó ese nombre porque ese día se celebra a san Miguel Arcángel. Las tierras estaban ocupadas por familias nahoas que le llamaban Huey-Culhuacán. En 1793 se le cambió el nombre por Villa de Culiacán. El 6 de octubre de 1821 Culiacán se independizó, varios meses más tarde, el 21 de julio de 1823 recibió la categoría de ciudad cuando se separaron las provincias de Sonora y Sinaloa, aunque en 1824 ambas entidades volvieron a juntarse para formar el estado de Occidente. En 1830 se separaron nuevamente y el 13 de octubre se designó a Culiacán como la capital de Sinaloa. Tiempo después, los poderes fueron trasladados a Mazatlán hasta que en 1873 a Culiacán se le restituyó el título de capital que sigue vigente. El 8 de abril en 1915 se creó el municipio de Culiacán.

El viejito encantado

Los Mochis, municipio de Ahome

Desde chicos nos han contado que existe un espíritu bueno aquí en Los Mochis y le decimos el viejito encantado porque se aparece como un viejito y, encantado, porque es como un encanto que es una aparición y lo han visto en el cerro, lo han visto afuera de la iglesia del Sagrado Corazón de Jesús, lo han visto en el centro, en muchas partes y más bien se aparece cuando alguna persona está necesitada de suerte. No es que el viejito le regale dinero ni le diga dónde está un tesoro y tampoco le va a dar el número ganador de la lotería, sino que, por ponerle un ejemplo, una persona anda así muy mortificada porque no le salen bien las cosas y entonces puede ir al a la iglesia y allí encomendarse a Dios o a un santo de su devoción o a la Virgen, que sí cumplen cuando hay devoción. Pero el caso del viejito encantado es distinto porque no sé si la gente lo invoca o no; no sé si le prenden veladoras o no; yo nunca he visto que vendan veladoras con la estampita del viejito porque nadie sabe exactamente cómo es, cómo se ve. Al viejito encantado pues solamente lo han visto los que dicen que lo han visto y, como le digo, a él no se le invoca, pero se aparece y cuando se aparece es como algo muy bueno para a la persona porque empieza a irle bien, se le levanta el ánimo, se cura si su problema es por enfermedad que traía y cosas así. Yo no lo puedo decir por experiencia propia porque a mí no me ha tocado verlo, pero sí sé de mucha gente que sí cuentan de eso. Mi padre era un ejemplo porque él contaba que cuando estaba chico aquí en Los Mochis había muy poco trabajo, todavía no había los grandes cultivos y tampoco había mucho que hacer, era un pueblo chico y pobre, por eso los hombres tenían que irse a trabajar a otras partes donde les dieran empleo y a mi papá pues tenía mala suerte y se iba con amigos que a Culiacán, que a Mazatlán y a los amigos los empleaban y a mi papá no porque solamente necesitaban un número de personas y papá salía sobrando y así le pasaba siempre. Fue a Culiacán, fue a Guasave, fue al Fuerte, también a Navojoa, a Álamos y a cualquier parte donde se decía que había trabajo y pues regresaba triste, pienso que decía que se sentía fracasado. Nosotros todavía no nacíamos, o sea que mi papá no se había casado y al menos no tenía la obligación de mantener una familia, pero sí se quería casar porque andaba de novio con mi mamá y él quería darle un hogar feliz a ella.

Un día que regresó no sé de dónde porque habían ido a buscar trabajo él y unos amigos y a ninguno les habían dado. Regresaron creo que en el tren y se bajaron y cada quien se fue para su casa. Entonces contaba mi padre que él iba pasando por un terreno baldío y que había una fogata y era ya de noche. Estaba norteando. Vio que una persona estaba sentada junto a la fogata y mi papá se le acercó para calentarse. Era un viejito que nunca había visto y en aquel tiempo Los Mochis era tan chiquito que todos se conocían. Entonces no sé si mi papá y el viejito habrán platicado o qué, pero al día siguiente llegó a la casa un amigo y le dijo: "Ya tenemos trabajo". Un gringo les dio trabajo en el cultivo de la caña de azúcar aquí en Los Mochis y desde entonces a mi papá le empezó a ir bien, juntó sus ahorros para casarse con mi mamá y así empezó su vida a mejorar. Y siempre cuando él platicaba de eso, otras gentes le decían que sí, que también les había tocado ver al viejito encantado y que les había ayudado a salir de un problema.

Emeterio Guzmán, comerciante

Los espíritus benefactores son parte del folklore universal. Dependiendo de la tradición cultural de un pueblo, tales espíritus pueden ser entidades de la naturaleza, como las hadas del folklore europeo o los chanques en México, o pueden ligárseles a una religión específica, o bien, son sincretismos de religión y paganismo. Entre los espíritus benefactores más conocidos tenemos a los ángeles del cristianismo, los cuales tienen como antecedente a los malaj del judaísmo. "Los ancestros" es un término genérico entre muchos pueblos para referirse a los antepasados que fungen como benefactores. Hay animales mágicos y benefactores como los kitsuné *en Japón o el coyote en Aridoamérica y también algunas plantas son benefactoras que protegen a la gente cuando las cuida y las cultiva en sus hogares.*

Los Mochis es la cabecera municipal del municipio de Ahome, uno de los emporios agrícolas más grandes del país. Fue fundada el 1° de junio de 1903 durante la construcción del tramo ferroviario que había empezado en la región en 1872. El 5 de enero de 1917 se decretó el municipio de Ahome tras ser separado del municipio de El Fuerte y fue designada cabecera municipal la Villa de Ahome, fundada el 15 de agosto de 1605, lo que la hace mucho más antigua que Los Mochis. Sin embargo, gracias a su desarrollo e importancia económica, el 1° de abril de 1935 se decidió cambiar la cabecera municipal a Los Mochis.

Foto tomada de:
https://www.tripadvisor.com.ar/Attraction_Review-g319820-d6840003-Reviews-La_Locomotora-Los_Mochis_Pacific_Coast.html

Las siete ciudades doradas de Cíbola

Leyenda de Sinaloa y Sonora

Sí, eso que pregunta es cierto porque mucha gente habla de eso, pero esas siete ciudades de Cíbola no están acá en la costa (de Sinaloa), no, dicen que se aparecen allá por la sierra entre Sinaloa y Sonora, creo que más o menos entre El Fuerte y Álamos, pero no estoy muy seguro.

Según cuentan, esas siete ciudades, que son de puro oro, están encantadas, o sea que alguien que tenga la suerte las puede ver, pero no todos las ven. Pongamos un ejemplo, imagínense que ustedes y yo andamos por ese rumbo y vemos que todo está solo, que no hay nada, puro monte, pues. Entonces así de repente vemos que hay ciudades y hasta nos podemos meter y podemos ver gente y oír lo que platican y cosas así, ¿verdad? O sea que nos tocó la suerte de ver esas ciudades y hasta meternos. Pero, escúchenme bien, dicen que son ciudades encantadas porque tienen una maldición, una maldición de que el que entra ya no sale sino hasta que el encanto le permita salir. Eso dicen.

Según cuentan, la cosa es que el encanto se abre de repente, pero más al meterse el sol o cuando amanece. Dicen los que las han visto que relucen las ciudades porque el oro brilla con los primeros rayos del sol –o los últimos, según sea el caso, pues. Los que las han visto no se han metido porque ya saben que el encanto se cierra y luego ya no salen.

Miren, para explicarles mejor aquí les voy a contar lo que me contaron una vez: según esto, hace muchos años unos señores de acá de Los Mochis fueron a buscar las siete ciudades porque andaban con el brete de hacerse ricos, y se fueron con unos mineros para que escarbaran y con unos guías indios que conocían el rumbo aquel –porque le digo que está muy despoblado. Entonces, poquito antes del amanecer los indios les indicaron a esos señores dónde mero estaban las siete ciudades, les indicaron siete cerros –sí, siete cerros allí entre el monte, pues. Los hombres no creían, pero cuando salió el primer rayo del sol empezó el encanto y los siete cerros relumbraron y se convirtieron en las siete ciudades de puro oro. No, *pos* qué le cuento, los hombres y los mineros empezaron a correr para abalanzarse sobre el oro, pero los indios se quedaron ahí parados –ellos sí sabían del asunto del encanto– y sólo uno de los mineros se dio cuenta de eso y tampoco corrió hacia las ciudades. No, de ratito, o sea cuando el sol ya pegó completo, el encanto se acabó y las siete ciudades se volvieron a convertir en siete cerros normales. Y saben qué, de aquellos hombres nunca se volvió a saber nada... es que se quedaron atrapados en el encanto.

Ruperto Hernández,
pescador de Topolobampo, Sinaloa

Las siete ciudades doradas de Cíbola son un legendario conjunto de ciudades que, según las leyendas, son ricas en oro y piedras preciosas. De acuerdo con estudios e investigaciones, esta leyenda se originó a partir de relatos indígenas y de exploradores europeos en el siglo XVI, lo que llevó a la exploración del Norte de la Nueva España y territorios de lo que hoy es el suroeste de Estados Unidos por parte de conquistadores ibéricos. Sin embargo, es importante añadir que la leyenda de las siete ciudades de oro tiene como antecedente una leyenda medieval que surgió con la invasión musulmana a la Península Ibérica, en la cual se contaba que siete obispos partieron lejos hasta establecerse en algún lejano punto del oeste donde fundaron siete ciudades. La leyenda llegó a nuestras tierras con la conquista española, en particular con un relato entre trágico y fantástico escrito por Álvar Núñez Cabeza de Vaca, titulado Naufragios y comentarios, *en el cual describe sus peripecias desde que naufragó en la costa de Florida y cruzó por tierra hasta llegar a las costas de Sinaloa. En su relato habla de siete ciudades doradas en Cíbola y Quivira, lo cual despertó el interés y la codicia de muchos, a tal grado que el virrey Antonio de Mendoza instruyó al fraile franciscano Marcos de Niza que fuera a buscar esas ciudades fantásticas para dar veracidad o desmentir a Cabeza de Vaca. El fraile lo hizo y cuando regresó a México, capital del Virreinato, afirmó haber visto a lo lejos el resplandor dorado de las ciudades legendarias.*

A raíz del nacimiento de México como país soberano gracias a su independencia de España en 1821, hacia 1824 se crearon las entidades federativas y una de ellas fue Estado de Occidente que comprendía los territorios que en la actualidad conocemos como Sinaloa y Sonora, así como partes de Arizona. Dicho estado tuvo tres capitales en distintos tiempos: El Fuerte, Cosalá y Álamos. Fue disuelto en 1830 para erigir los estados de Sonora y Sinaloa.

Imagen tomada del perfil de Mirinda GD, en Pinteres:

https://es.pinterest.com/pin/447474912959919197/

NOROESTE

SONORA

Ruinas del legendario casino de Hermosillo

El casino del Diablo

Hermosillo

Cuentan una historia que supuestamente fue real en el casino del Country Club, que le dicen *el casino del Diablo*. La leyenda empezó hace más de cincuenta años cuando hubo un baile de gala para la selecta sociedad de Hermosillo que asistía al club. Era común que a esos bailes los socios invitaran amigos y gente bien de otras partes, pero que no fueran pelusa porque a esos no los dejaban entrar. El asunto estuvo en que empezó el baile y andaba por ahí un hombre joven muy apuesto que nadie conocía, pero andaba tan elegante que todos pensaron que seguramente era un invitado de alguien. Las mujeres solteras no le quitaban la mirada, esperando que él las viera. Y sí, vio a una, se cruzaron sus miradas y la invitó a bailar. Ella aceptó felizota ante la envidia de las amigas. Bailaron una pieza y otra y a la tercera empezó una canción lenta que el hombre joven tomó a la muchacha por la cintura y ella se cohibió, bajó la vista y vio que el hombre no tenía pies ni zapatos, sino que tenía una pata de gallo y una pata de chivo. Se asustó tanto la muchacha que empezó a gritar: "El diablo, el Diablo". Los músicos dejaron de tocar, la gente volteó a mirar a la muchacha que gritaba como loca, y en eso el hombre joven comenzó a reírse bien feo, el lugar comenzó a oler bien feo, a azufre y empezó el corredero de gente, los gritos, el terror. Se acabó el baile y hubo varios heridos por los pisotones y empujones. De la muchacha cuentan que estuvo enferma mucho tiempo y que le quedó la cintura quemada con la estampa de la mano del Diablo.

No sé si hubo un incendio esa noche, pero contaban que con el olor a azufre hubo una explosión y que salieron llamas y por allí desapareció la figura del hombre joven, del Diablo. El caso es que las autoridades ordenaron cerrar el casino mientras investigaban y cuando ya pasó todo y permitieron que abriera de nuevo, la gente no volvió al lugar y quedó abandonado. Yo fui una vez hace como diez años con unos vales y me contaron la leyenda. Me acuerdo que estaba todo en ruinas, sucio, con maleza y rayones en las paredes y círculos de ceniza por todos lados porque, parece, allí se juntan los vagos y los que hacen brujería y satanismo. No sé si siga cayéndose, si ya lo tumbaron o si ya lo arreglaron.

Ernesto Balderrama,
músico radicado en Guadalajara

La figura del Diablo como lo imaginamos es una representación clásica en el folklore occidental, a menudo descrito como un hombre carismático y seductor que se presenta de manera atractiva, pero que al final revela su verdadera naturaleza demoníaca a través de detalles como una pata de cabra o el olor a azufre.

Este tipo de representación del Diablo, que refleja la dualidad del ser humano entre el bien y el mal, combina la atracción del mal y las tentaciones que puede ofrecer, contrastando con la terrible realidad de su naturaleza. La imagen de la pata de cabra es un símbolo común que conecta a los dioses paganos, como Pan, con la figura del Diablo en el cristianismo. El azufre, por otro lado, se asocia con el infierno y el fuego, haciendo referencia a la destrucción y al pecado.

Estos arquetipos han influido en diversas obras literarias, artísticas y en la cultura popular, creando una imagen perdurable del Diablo como un ser que engaña a los humanos, atrayéndolos a la perdición. Un ejemplo notable en la literatura es Fausto, *de Johann Wolfgang von Goethe, donde el protagonista hace un pacto con Mefistófeles, una representación del Diablo.*

La fundación de Hermosillo fue en 1700 con el nombre de Santísima Trinidad de Pitic. En 1818 cambió a su nombre actual. Cuando se constituyó el estado de Sonora, el 12 de marzo de 1831, Hermosillo fue su primera capital, aunque al año siguiente los poderes fueron trasladados a Arizpe, mismos que regresaron a Hermosillo en 1879.

El origen del palo fierro

Estado de Sonora

—No, nosotros no somos de por aquí (Divisadero, Chihuahua); todos nosotros venimos de Sonora, nos venimos en el tren a vender nuestras artesanías porque acá llega mucho turismo extranjero que sí sabe apreciar las cosas que hacemos. Allá en Sonora llegan menos turistas, y por eso nos sale mejor venir acá.

"Este material se llama "palo fierro"; es un material natural muy duro y resistente. Tóquelo para que sienta que es madera muy fina. [...] ¿Lo ve? Para nosotros es muy fácil trabajarlo porque ya con experiencia uno ya no batalla. [...] Bueno, sí, al principio es difícil y hasta uno echa a perder piezas de madera, pero, como luego dicen, son gajes del oficio y de los errores también se aprende, ¿no?

—Por lo que veo, la mayoría de sus trabajos es de figuras animales.

—Bueno, los diseños son algo así como tradicionales, pues. Es que allá en Sonora mucha gente cree en los poderes de los animales, y por eso casi todos los artesanos hacemos figuras de animales. Los que más vendemos son los osos, las águilas, las focas. Mire, hacemos de varios tamaños; los llaveros son más baratos, pero mucha gente prefiere llevarse figuras más grandes.

—¿Existen leyendas del origen del palo fierro?

—Sí, sí hay una plática de cómo se formó el palo fierro. Ha de saber usted que el palo fierro sólo se da en las costas de Sonora y poquito en las de Sinaloa y Baja California. Según la historia, andaban unos seris allá por el rumbo de Caborca —creo que en un pueblo que se llama Desemboque— y uno de ellos encontró el palo fierro en la playa. Era una madera desconocida que habrá salido del mar, una madera muy diferente, muy rara y muy dura. La llevaron a su pueblo y la gente pues empezó a trabajar esa madera y hacer artesanías muy bonitas. Esto, no estoy segura, pero fue allá por 1600 y cacho y esto es como historia.

"Pero más como leyenda, me han contado que el palo fierro viene del coral, o sea del fondo del mar. Según esto, el mar un día se dio cuenta de que en la arena de las playas y del desierto de Sonora no había árboles y se le ocurrió regalarle algo a la tierra. Entonces trajo desde lo más profundo del mar una rama de coral y con sus olas la sembró en la playa y así brotó y creció el primer palo fierro como un árbol con madera fuerte y resistente como el coral. Luego los seris lo descubrieron y plantaron más en otras partes y desde entonces ellos, y muchos de nosotros también, vivimos de esto.

Irene Peñueñuri,
vendedora de artesanías en Divisadero, Chihuahua

a

En este relato, que mezcla historia y leyenda, encontramos un mito de origen que tiene como protagonista al mar —al mar como ser animado— que decide traer de las profundidades una semilla o retoño de un coral para plantarlo en la superficie terrestre y darle vida arbórea a las desérticas y arenosas playas, una dádiva que supieron aprovechar sus descubridores, los nativos seris.

El palo fierro es un género monotípico de plantas fanerógamas perteneciente a la familia *fabaceae*. Su única especie es la *Olneya tesota* que es endémica de la costa del Pacífico y fueron los seris los primeros en trabajar esta madera, desde 1654, para elaborar artesanías que se convirtieron en fuente de sustento.

Autorreferidos como comcaac, los seris son un grupo originario de Sonora, cuyo territorio se ubica en la desértica costa norte del estado y en las islas Tiburón y San Esteban. De acuerdo con el censo de población y vivienda (INEGI), en 2020 había 723 personas hablantes de la lengua seri, por ellos conocida como cmiique litom, y es un dato estadístico admirable por su crecimiento, toda vez que en 1952 sólo se contabilizaron 215 personas.

El paraíso terrenal

Bacerac

Así como los padrecitos cuentan en la doctrina que Dios creó al mundo y que hizo un paraíso terrenal donde vivieron Adán y Eva hasta que la serpiente los volvió pecadores, a mí me han platicado una historia que según contaban los indios ópatas acá del lado norte del estado. Ellos decían que el paraíso terrenal estuvo allá en un pueblo que le llaman Baceraqui. Yo no conozco para aquellos rumbos, es que está muy retirado y quién sabe si haya caminos de pavimento.

Según esto, cuentan entre las creencias de esa tribu ópata que cuando Dios terminó de crear el mundo con plantas y animales, entonces se le ocurrió crear al hombre, pero no sabía adónde mandarlos a vivir porque había muchos lugares muy hermosos en todas partes. Entonces, como no se decidía, mandó a los arcángeles para que ellos vieran cuál era el sitio más conveniente y ellos dieron con Baceraqui y que les gustó mucho porque ahí tiene parecido con el cielo.

Yo me imagino que ese lugar ha de estar muy abandonado por lo retirado que está, pero pienso que ya no quedan cosas de cuando fue el paraíso. Pero, según las creencias de aquellos ópatas que le digo, ahí será el último refugio del hombre cuando se acabe el mundo.

Ramiro Meléndrez,
comerciante de Yécora

En este relato que combina elementos paganos de las creencias de los ópatas y elementos cristianos como son los arcángeles, se aborda el mito del paraíso terrenal desde una perspectiva distinta a la convencional para la tradición occidental. En el cristianismo, el paraíso terrenal se asocia con el Jardín del Edén, como se describe en el libro del Génesis del Antiguo testamento. Es un lugar de perfección y comunión entre Dios y la humanidad, donde Adán y Eva vivían en felicidad y abundancia antes de caer en desgracia por no cumplir una orden divina. Por su parte, entre algunas culturas amerindias también se cuentan versiones de su interpretación del paraíso terrenal, un espacio idílico que entrelaza la espiritualidad de la naturaleza, la conexión y armonía con la madre Tierra y la comunidad.

En 1645, fray Cristóbal García fundó una misión jesuita que nombró Santa María de Baceraca, siendo el origen de Bacerac que es cabecera del municipio del mismo nombre, ubicado al noreste del estado de Sonora, teniendo colindancias con Chihuahua y el municipio fronterizo de Agua Prieta.

Los pocos sobrevivientes del grupo étnico de los ópatas, autodenominado tegüimas, desde tiempos ancestrales han vivido en las montañas del noreste de Sonora y el noroeste de Chihuahua. Su lengua ha desaparecido prácticamente, pues desde el censo de 1950 no se registran hablantes del ópata que pertenece al grupo de los taracahítas, estando emparentada con el guarijío, el mayo, el rarámuri (tarahumara) y el yoeme (yaqui).

Paraje del río Bavispe, en Baserac

Foto tomada de:
https://es.pinterest.com/pin/288934132319914196/

La doña de Bácum

Bácum

Anduve un tiempo en Sinaloa y en Sonora principalmente porque andábamos en la misión por aquellos rumbos. Estuve también en Hermosillo, pero no me acuerdo de que los compañeros me hayan platicado de allá leyendas de la ciudad, pero teníamos una conocida que había trabajado con una señora en Bácum, un pueblo yaqui por ahí cerca de Ciudad Obregón, y ella nos recomendó que fuéramos a platicar de la religión (mormona) con esa señora. Y fuimos entre la curiosidad y el deseo de hablarle de nuestras propuestas; la curiosidad era porque, según la leyenda, esa señora era bruja de las que se convierten en animales. Lo cierto es que sí era curandera y muy conocida en esa región. No recuerdo su nombre y obviamente no le gustaba que le dijeran bruja, pero era la doña... la doña no me acuerdo qué.

Fuimos la primera vez y nos recibió y estuvimos platicando un rato. Volvimos varias veces y siempre nos recibió muy bien y nos escuchaba y nos inquiría sobre nuestras propuestas y hasta nos invitó a comer dos veces. La señora que nos la había recomendado, que había trabajado con ella y que nos había platicado de que esta doña era bruja, hasta se sorprendió de que nos haya invitado a comer. Pero el caso es que nunca nos dejó pasar a una habitación en donde supuestamente tenía animales disecados, los animales en los que ella se convertía o se convierte: un perro, un águila y parece que hasta un venado. O sea que ella se convertía en las noches en alguno de esos animales dependiendo del trabajo que tenía que hacer.

Es que dicen que en aquella región las personas que saben de esto de la brujería, y más los indios yaquis, tienen ese conocimiento de convertirse en ciertos animales. A pesar de que la mayoría de los yaquis son personas muy reservadas y hacen como que te escuchan, la verdad es que no te están haciendo caso, pero esta doña de Bácum siempre fue muy amable y una vez, ya entrado en confianza, yo le pregunté que si era bruja y ella me contestó con otra pregunta sobre mi religión que no me dio opción para seguirle preguntando.

Te digo, ella era y quizá sigue siendo muy conocida en aquella región; la procuraba mucha gente para solicitarle servicios de curandera. De esto que te cuento fue hace más de 20 años y, en aquel tiempo, parte de la leyenda era que esta doña se mantenía siempre igual, más o menos con una apariencia madura de una mujer de unos 50 años, pero según la gente con la que nosotros platicamos, nos decían que ella se conservaba siempre igual y la conocían desde muchos años antes. Han pasado más de 20 años y yo no he vuelto por aquellos rumbos y no sé si todavía viva la doña y si se siga manteniendo con esa misma apariencia madura pero no vieja. Era una mujer muy amable, a pesar de lo que se decía de ella y de que fuera yaqui porque sabemos que los yaquis son muy cerrados.

David González Milán,
fisioterapeuta de San Luis Potosí

Mi mamá plática de una mujer en Bácum que es curandera y también es bruja y también se convierte en animal cuando hace curaciones y lo cuenta porque ella fue a Bácum cuando estaba jovencita; fue con sus papás a consultar a esa mujer. Ese lugar está lejos de Hermosillo, creó que cerca de Ciudad Obregón, y fueron no sé si en autobús o en tren; no sé cómo habrán llegado hasta allá, pero es tierra de los yaquis. Los yaquis tienen fama de que conocen mucho de las hierbas y de la magia y con eso saben curar a la gente que va a consultarlos.

Mi mamá dice que esa mujer, aparte de saber curar, sabe convertirse en animales dependiendo de la curación que tiene que hacer. Por ejemplo, si es un mal de respiración se convierte en pájaro y así cura al enfermo, si es un mal de mal dormir, se convierte en coyote y así cura. También se convierte en venado o en otros animales. Eso que se convierte en pájaro yo creo que debe ser lechuza porque ya ve usted que dicen que las lechuzas que andan volando en la noche muchas veces son mujeres convertidas.

Magdalena Cárdenas Monteverde,
maestra radicada en Querétaro

El curanderismo, chamanismo y nagualismo, que superficialmente se les engloba como "brujería", son prácticas ancestrales que tienen profundas raíces en las tradiciones y creencias de las comunidades indígenas de México. Estas prácticas están interrelacionadas y se utilizan para la sanación, la conexión espiritual y la comprensión del mundo natural.

En culturas amerindias, como los yaquis, la figura del nagual es fundamental. Según esta interpretación, los naguales son personas que tienen la capacidad de transfigurarse en animales, como pumas, coyotes, serpientes, cuervos, etc. y esta habilidad es comúnmente asociada con ciertos individuos que poseen un conocimiento especial y una conexión con el mundo espiritual. Esa transfiguración no sólo es considerada un don o poder, sino también una responsabilidad, ya que implica un profundo entendimiento de la naturaleza y sus ciclos.

Los naguales, así como los chamanes y los curanderos son vistos como guías y protectores dentro de la comunidad; su conocimiento y habilidades les permiten trabajar en curaciones, dar protección y orientación espiritual. Sin embargo, también hay un aspecto de temor hacia ellos, pues, se dice, su poder puede ser utilizado tanto para el bien como para hacer un mal.

Bácum es uno de los ocho pueblos tradicionales de los yaquis. Fue fundado en 1617 por los misioneros jesuitas Andrés Pérez de Rivas y Tomás Basilio, con el nombre de Santa Rosa de Bácum. Con la Constitución de 1857 fue elevado a municipio dependiente del distrito de Guaymas. En 1930 perdió su categoría y pasó a ser parte del municipio de Cajeme. El 13 de mayo de 1931 se le restituyó la categoría de municipio con el nombre de Bácum, mismo que el de su cabecera.

Otros libros de mitos y leyendas del mismo autor:

Historias y leyendas de San Miguel de Allende / Stories and Legends of San Miguel de Allende. Edición bilingüe / Bilingual Edition. 1ra. edición: SMA, Guanajuato. 2025.

Mitos y leyendas de Nuevo León. 1ra. edición: SMA, Guanajuato. 2024.

Misterios - leyendas de San Luis Potosí. 2da. edición: SMA, Guanajuato. 2024.

Mitos y leyendas de huachichiles. 3ra. edición: SLP. 2026.

Mitos, relatos y leyendas de todo San Luis Potosí. 2da. edición: SMA, Guanajuato. 2023.

Mitos, cuentos y leyendas de Nuevo León. Regiones Citrícola y Sur. 1ra. edición: Guadalajara, Jalisco 2022.

Libros de narrativa de Homero Adame:

Viajes por México: un mundo plural entre fronteras. 1ra. edición: CdMx. 2026.

El pueblo festivo. 1ra. edición: Cuernavaca, Morelos. 2024.

Catorce voces por un Real. 2da. edición: SMA, Guanajuato. 2024.

Obras de investigación de Homero Adame:

Haciendas del Altiplano. Historia(s) y leyendas. Tomo I. Grandes latifundios virreinales. 2da. edición: SMA, Guanajuato. 2024.

Haciendas del Altiplano. Historia(s) y leyendas. Tomo II. De la Independencia a la Revolución. 2da. edición: SMA, Guanajuato. 2023.

Creencias, mitos y leyendas de animales. 2da. Edición: SMA, Guanajuato. 2024.

Judíos ashkenazitas de San Luis Potosí. Las familias. 2da. Edición: SMA, Guanajuato. 2024.

Plantas medicinales del noreste mexicano. 2da. Edición: SMA, Guanajuato. 2024.

Títulos disponibles en Amazon

NORESTE

COAHUILA

Capilla en la ex hacienda Santa María
Municipio de Ramos Arizpe

Apariciones y un túnel

Santa María, municipio de Ramos Arizpe

Dicen que aquí asustan, la señora que antes hacía el aseo contaba que se oyen suspiros y voces. Pero sabemos que eso no solamente es aquí en la iglesia porque en la casa ahí enfrente, que era parte de la hacienda, dicen que sale una señora vestida de negro y que camina por los portales de esa casa. Yo no he visto apariciones ni he oído esos ruidos o voces, pero sí ha de ser cierto porque es aquí un lugar muy antiguo y aquí han pasado cosas feas de la historia.

También cuentan que hay un túnel que va de las dos casas hasta aquí a la iglesia y que abajo se aparece un padre, que ese padre camina por el túnel. Que yo sepa no han dado con el túnel.

Hace poco vino un señor que es familiar de los supuestos dueños de hacienda, pero la verdad no son dueños porque nadie sabe quiénes son los dueños ni tampoco hay escrituras, y anduvo escarbando con una retro muy pero muy profundo y no dio con el túnel. Lo que sí sacó fueron huesos que quién sabe de quién serían. Ese señor andaba buscando la relación y nos pidió que nadie supiera que él andaba escarbando, pero le dijo todo mundo y todo mundo sabía. Entonces con la retro hizo una zanja bien profunda para ver si podía dar con el túnel original pero no lo encontró. Ese señor se encontró una piedrota bien grande muy abajo y mandó traer cadenas para levantarla, pero ni así pudo porque como en aquel tiempo las pegaban con sangre de mula y la sangre de mula pega más que el cemento, según decían antes. No la pudo mover. Luego escarbó por un lado a ver que había debajo de esa piedrota y resultó que era puro tepetate, pura piedra del cerro. Después de que gastó mucho tiempo y dinero, mejor se regresó Monterrey y ya no ha vuelto para acá.

Alicia Romero,
originaria de Salvatierra, Gto.

Los ruidos y voces misteriosas en casas antiguas o cascos de haciendas han sido fuente de muchas leyendas a lo largo del tiempo. En el relato se mencionan elementos convencionales en este tipo de leyendas como son: una construcción antigua, ruidos, la aparición de una mujer, un túnel, osamentas y algún tesoro. Lo que sobresale es la mención de "la sangre de mula pega más que el cemento", una afirmación que podría considerarse relato único, aunque se sabe que existe la creencia que añadir sangre animal a la mezcla la hace más resistente.

Las referencias documentales más antiguas de este lugar datan de mediados del siglo XVII cuando se le conocía como San Diego, y a lo que es ahora el municipio de Ramos Arizpe se le conocía como Valle de San Nicolás de la Capellanía. En 1721, siendo dueño de la hacienda el general Matías de Aguirre, se construyó la capilla de Nuestra Señora del Rosario. El 17 de marzo de 1811, el cura insurgente Miguel Hidalgo ofició en la capilla la que fue su última una misa. En la actualidad, lo que queda del casco de la hacienda se encuentra en terrenos de la comunidad que no supera los setecientos habitantes.

EL FANTASMA DE UN INDIO

GENERAL CEPEDA

Hay cosas raras que suceden, que la gente cuenta, ¿no? Cuentan cosas así que de ruidos, que de apariciones, que de la Llorona, que de una relación en el castillo y muchas cosas. Pero aquí hay una plática de un indio, parece que era de los borrados o a la mejor tlaxcalteca, que se aparece en el camino de aquí a Parras. [...] Ándele, en ese camino que ahorita está muy malo por las lluvias. Dicen que, yendo de aquí para allá, a unos les ha tocado ver a un indio parado al lado de la carretera, pero que es la pura semejanza. Esto dicen porque luego hay amigos que se paran para darle *raite*, pero que se desaparece así nomás, el indio. Entonces que primero lo ven parado ahí y que luego ya no lo ven. Son cosas raras, ¿no?

Usted sabe que todo tiene una explicación, ¿verdad? Entonces a esa aparición del indio ya le tienen explicación porque dicen que fue un indio que trabajó en el túnel que corre por abajo del pueblo, que según la cosa es un túnel que corre entre el Molino Colorado y llega hasta la Presidencia Municipal, que era la casa de un hacendado que fundó aquí y que le decían "el marqués".

Yo me imagino que ha de ser la aparición de alguien que se *petatió* cuando andaban haciendo el túnel, porque dicen que ese túnel también va hasta Parras, pero está muy retirado; sepa la bola si será cierto. Entonces el indio se ha de haber petateado por ahí y su ánima no ha encontrado descanso porque a los indios no les daban cristiana sepultura en aquellos años, ¿verdad?

Yeverino López, pastor

En el folklore de muchas culturas se cuentan historias sobre apariciones de fantasmas en caminos y carreteras, muchas de las cuales recuerdan sucesos trágicos o son señal de advertencia de que algo nefasto puede ocurrir.

En este relato se habla de la aparición de alguien que pudo haber muerto trágicamente cuando se construía un túnel entre General Cepeda y Parras, cuya distancia es de casi 80 km. En caso de existir ese túnel tan largo, es de imaginar que un tramo cruza por debajo de esa carretera. En cuanto al aparecido, se cree que sea el ánima de un indígena, según dice el narrador y menciona a los borrados, que eran nativos, y a los tlaxcaltecas que llegaron con los conquistadores españoles, y concluye que el ánima no ha encontrado descanso porque no se le dio cristiana sepultura al indígena.

Las primeras crónicas hispanas sobre estas tierras datan de 1568 cuando Francisco Cano, alcalde mayor de Mazapil, exploró las sierras la Hedionda y de Patos. Años más tarde, las tierras fueron parte de uno de los latifundios más grandes de la Nueva España, el cual abarcó la parte norte de Zacatecas, así como toda la parte sur del estado de Coahuila hasta los municipios de Monclova y Cuatrociénegas y que tuvo como sede la hacienda de San Francisco de los Patos, perteneciente a Francisco de Urdiñola, el erróneamente llamado marqués de Aguayo. Este latifundio posteriormente pasó a poder de la familia Sánchez Navarro, la cual por su simpatía al imperio de Maximiliano fue perjudicada por Benito Juárez, quien ordenó expropiar el latifundio y erigir la Villa de Patos el 15 de julio de 1865. Años más tarde, el 29 de diciembre de 1892, el Congreso del Estado le cambió el nombre a Villa de General Cepeda.

La fundación de Saltillo sobre un adoratorio prehispánico

Saltillo

*E*ntiendo que los historiadores no se ponen de acuerdo tanto del nombre de Saltillo como con su fundación exacta. Hay muchas versiones y todas, de algún modo, tienen razón. Bueno, al final de cuentas yo digo: "Y qué caso tiene saber si fue tal o tal, si al final de cuentas Saltillo es Saltillo, ¿no?".

Lo que más se acerca a la realidad, según parece, es que los españoles se sorprendieron mucho de que al llegar encontraron que era un territorio bastante desértico –como bien lo sabemos todos–, pero se les hizo curioso que los chichimecas defendieran hasta la muerte la cima de un cerrito. Los españoles han de haber pensado que o ahí tenían los chichimecas un adoratorio a sus dioses o ahí tenían riquezas. Esos españoles eran muy *avorazados* y buscaban oro, plata, diamantes, lo que fuera. Eso de que querían cristianizar a los chichimecas era la excusa; ellos andaban tras el oro y mataron a los chichimecas con la excusa de que no querían aceptar la religión cristiana.

[...] Este, ya me estoy desviando. Te decía que los españoles sabían que algo había en ese cerrito y por eso se cuenta en la historia que mandaron traer a los tlaxcaltecas para que les ayudaran a matar a los chichimecas. Cuando ya los sacaron de ahí se dieron cuenta de que era un ojo de agua el que defendían los chichimecas. Pues sí, algo tenía que haber ahí, y qué más valioso que el agua, ¿no? Luego levantaron la capilla del Santo Cristo del Ojo de Agua, y el agua sigue brotando, y eso que está en alto. Ah, pero la capilla la levantaron como primera piedra de la fundación de Saltillo. Más o menos por ahí va la versión de la historia.

Me imagino que los españoles le atribuyeron al Cristo un milagro o lo inventaron para que la gente siguiera la fe, pero, déjame decirte, una vez escuché una versión que no me acuerdo muy bien cómo iba, pero supuestamente hay algo así como magia de los chichimecas y con su magia –brujería para los españoles– hicieron que el agua brotara en alto. Algo de cierto debe de haber en eso, no de la magia, pero sí de que en el cerrito tenían su adoratorio, su "pirámide" por ponerlo de otra manera.

Carlos Vallejo, agrónomo

Es sabido que los adoratorios prehispánicos tenían una importancia mitológica fundacional y cultural entre los pobladores, eran espacios sagrados, centro de la vida religiosa y espiritual, donde se realizaban rituales y ceremonias para honrar a los dioses y mantener el equilibrio del cosmos, la naturaleza y la comunidad.

En el ejemplo de este relato, no se sabe si en la cima del cerro había un montículo tipo piramidal, cúe o cuizillo que fungiera como centro ceremonial de los nativos, pero sí se sabe del ojo de agua que era sustento de vida para ellos y que sigue manando. Las formas cambian, pero el atributo de centro ceremonial para venerar el manantial sigue vigente, ahora con la capilla conocida como Ojo de agua del Santísimo Cristo y al agua que brota a sus pies se le atribuyen propiedades milagrosas.

Existen dos fechas inexactas en torno a la fundación de la Villa de Santiago del Saltillo: 1574 o antes, según registró el capitán portugués Albero do Canto, y la aceptada por la historia oficial el 25 de julio de 1577. Eran territorios ocupados por huachichiles, nacaguas y/o rayados. Debido a la belicosidad de los nativos, los conquistadores españoles recurrieron a sus aliados tlaxcaltecas para hacer frente a cualquier enfrentamiento.

La masacre de chinos

Torreón

Una prima de recién casada se fue a vivir a Lerdo porque su marido es de allá y trabajaba en ese tiempo en Torreón, creo que en la cadena Soriana o Hipermart, una de esas. En Lerdo nació su primera hija y los demás acá en Monterrey porque su esposo consiguió que la empresa lo transfiriera para acá porque de acá es mi prima.

Platica ella de una cosa horrible que les pasó en Torreón. Fueron una noche no sé si a una boda o a una cena creo que en el casino o en un hotel del centro de Torreón y a medianoche se fueron a su casa en Lerdo, que no queda lejos. Iba apenas saliendo de las calles del centro en su carro cuando pasaron muchísimas personas corre y corre, grite y grite y detrás de ellos gente a caballo ¡disparándoles! Niños, mujeres, hombres de todas las edades caían muertos allí en la calle. ¡Horrible! Casi creo que les dio el patatús a mi prima y a su marido, pero por diferentes razones. Mira, ella estaba espantadísima con la matazón que vieron, con los balazos, con el miedo de una bala perdida o de que los hombres a caballo les dispararan porque eran testigos de la matanza. Pero su esposo estaba lívido, también de miedo, pero por otra razón. Ahorita te explico. Pasó la turba y pudieron salir de allí no sé cómo y llegaron a su casa al borde del nervio. Tomaron agua tibia bien azucarada para calmarse y es cuando el marido le platicó a mi prima lo que había sido, lo que vieron. *No'mbre*, se asustó más.

Has de saber que hace muchos años hubo una matanza de chinos en Torreón. Parece que llegaron cientos, miles de chinos y agarraban cualquier trabajo y los patrones los empleaban porque les pagaban menos que a los mexicanos y no les daban prestaciones ni seguro ni nada, o sea que los explotaban gacho y los chinos bien contentos porque tenían trabajo. Eso hizo que hubiera odio contra tanto chino y el gobierno los mandó matar. Esto es parte de la historia. Lo que es leyenda y por eso el marido de mi prima se quedó pálido y luego ella se asustó pero en serio es que vieron ¡fantasmas!

El marido de mi prima sabía esa historia y sabía que mucha gente jura haber visto fantasmagóricamente la matanza en las calles del centro, la matanza de los chinos que fue hace añales y esa noche a ellos les tocó ver eso como si hubiera sido realidad y cuenta ella que todavía se acuerda de esos momentos de terror, del ruido de los balazos, de los lamentos, de los muertos y que se acuerda como si lo hubiera visto en una película de blanco y negro. Así lo cuenta mi prima.

Celina R. Montemayor, estudiante

Según datos históricos, del 13 al 15 de mayo de 1911, una tropa revolucionaria del grupo maderista llegó a Torreón para tomar la ciudad y hacer una limpieza étnica de chinos afines al gobierno porfirista. Lo que iba a ser una especie de pogromo con la expulsión de esos extranjeros, terminó en exterminio con un saldo aproximado a las 300 personas muertas de todas las edades y géneros. Al año siguiente, el presidente Francisco I. Madero admitió la masacre y compensó al gobierno chino con tres millones de pesos. Este escabroso episodio de la historia mexicana no ha sido estudiado a fondo, no es reconocido ni forma parte de la historia de la Revolución.

En cuanto al contenido de leyenda, es muy difundida la creencia de que en lugares donde ocurrió una muerte trágica se dan manifestaciones espectrales o se oyen ruidos de ultratumba.

Torreón es la segunda ciudad más poblada de Coahuila y forma parte de la trilogía de La Laguna, junto con Gómez Palacio y Lerdo, ambas en el estado de Durango. La historia de Torreón es muy singular para los parámetros históricos de las ciudades mexicanas, pues fue fundada el 15 de septiembre de 1907, gracias al tramo y cruce ferroviario, y su desarrollo fue vertiginoso por la boyante economía basada en la industria textil y posteriormente metalúrgica, química y lechera. Es una de las ciudades más jóvenes en México y en la actualidad tiene una población superior al medio millón de habitantes.

Un pueblo oculto de gigantes pecadores

Dunas de Bilbao, municipio de Viesca

—Estas son dunas que tienen sus misterios, se mueven, caminan solitas. Es como si el viento las va llevando, pero no se mueven luego lueguito, caminan muy al pasito, pero ahí van, ahí van, y a lo mejor cuando uno ya no esté, ellas ya andarán más para allá. Yo las he visto caminar; tengo 77 años contados y sí se han movido, poquito, pero se han movido. Mucha gente ni lo nota, pero uno que anda aquí siempre *pos* sí se fija en cosas de esas.

—¿Se cuentan historias o leyendas de las dunas?

—Sí, tienen sus misterios las dunas porque hay una plática mucho muy antigua −ya la platicaba mi abuelito, y sabrá Dios quién se la habrá contado a él; sáquele cuentas nomás− y esa plática dice de que existe un pueblo misterioso debajo de la tierra, que es un pueblo donde viven los gigantes. Pero parece que Dios los castigó a esos gigantes y por eso las entradas al mundo de los gigantes, al pueblo de ellos, están tapadas por las dunas. La verdad no sé por qué Dios los castigó, pero en la biblia parece que dice que Dios castigó a muchos pueblos de pecadores con epidemias, con sequías, con el diluvio, y a estos de aquí los dejó atorados debajo de la tierra.

—¿El hecho de que las dunas se muevan, aunque sea poquito, estará relacionado con ese pueblo de gigantes?

—Las dunas se mueven porque cuando Dios se da cuenta de que los gigantes ya están a punto de abrir una entrada −me imagino que ellos hacen sus túneles para poder salir−, entonces hace que las dunas se muevan para despistarlos y mantener oculto y tapado ese mundo de gigantes pecadores.

Secundino Fernández, campesino

En diversas mitologías existen relatos de pueblos o civilizaciones que, como castigo divino, fueron condenados a vivir ocultos bajo la capa terrestre. Esos mitos reflejan la creencia en la justicia divina y las consecuencias de desafiar a los dioses. En mitología griega, el Tártaro es una región del inframundo donde los dioses olímpicos enviaban a los titanes derrotados y a otros seres que habían cometido graves ofensas. En la tradición cristiana, los ángeles que se rebelaron contra Dios fueron expulsados del cielo y condenados a vivir en el infierno, un reino subterráneo de sufrimiento eterno. De las profundidades del desierto de Gobi, en Asia Oriental entre China y Mongolia, se habla de Agartha, un país o reino en el interior de la Tierra. Xibalbá, en mitología maya, y Uku Pacha, donde mora Supay, en mitología andina, son también lugares subterráneos, aunque los que van allá no es por castigo divino, sino por ser reinos de la Muerte.

En este relato tenemos como elemento adicional y de misterio la movilidad de las dunas, para lo cual se da una explicación popular con un toque de mitología. Sin embargo, desde un punto de vista científico se sabe que las dunas se mueven o avanzan por la acción del viento, la erosión y el intemperismo que provocan cambios en los paisajes dunares.

Conocido por exploradores y aventureros como el "Sahara mexicano", las Dunas de Bilbao, ubicadas en el municipio de Viesca, Coahuila, son un paraje de cerros de arena que se extienden por diez kilómetros aproximadamente. Las dunas se formaron por la erosión de las montañas circundantes y la acumulación de arena y mineral en la extinta laguna de Mayrán, material transportado por los ríos Aguanaval y Nazas.

El 24 de julio de 1731 fue fundado el poblado de San José y Santiago del Álamo, con familias de indígenas tlaxcaltecas. Fue elevado a categoría de villa el 21 de septiembre de 1830, con el nombre de José de Viesca y Bustamante. A partir de 1834, el municipio sólo conservó el nombre de San José de Viesca.

NORESTE

NUEVO LEÓN

Exvoto dedicado a san Patricio, que hace alusión a Agapito Treviño

Imagen tomada de:
https://es.pinterest.com/pin/121175046202733517/

AGAPITO TREVIÑO

CENTRO DE NUEVO LEÓN

Agapito Treviño fue un *pelao* muy móndrigo y muy respetado. Le decían Caballo blanco porque era inseparable de su caballo blanco. Uno sin el otro no podían vivir. Cuentan que si alguna persona le caía mal, le sacaba la pistola y a puros tiros lo ponía a bailar.

Todo mundo sabe que Agapito Treviño tenía algunas de sus guaridas en las cercanías de La Estanzuela y, supuestamente, escondió muchos tesoros allá. Mucha gente ha buscado los tesoros que enterró en esos rumbos de La Estanzuela, pero si alguien ha encontrado algo mejor no dice nada para evitarse las envidias de los demás o que el gobierno le quiera quitar la mitad.

Dicen que Agapito Treviño era un buen *pelao*, pero andaba siempre fuera de la ley. Él robaba a los ricos y a los malos y luego repartía una poquita de esa fortuna con la gente más amolada y otro tanto lo escondía en las cuevas. Parece que el coraje que les tenía a los ricos era porque a su abuelo le habían quitado sus tierras y a su papá, por defenderlo, lo habían matado. Entonces Agapito estando todavía niño juró que iba vengar a su padre y al honor de su abuelo y así se agarró contra todos los ricos de la región, sin importar quiénes fueran. Desde entonces se convirtió en un forajido, en un bandido, pero también en un bienhechor de los desprotegidos. Por eso todavía mucha gente recuerda a nuestro Agapito Treviño y sus leyendas son muchas.

Luis Pedro Zambrano Alanís, de La Estanzuela,
municipio de Monterrey, N.L.

Como parte del folklore de muchos pueblos, los asaltantes legendarios son antihéroes a la vez que héroes populares y, en ocasiones, se convierten en héroes culturales debido a su papel en la lucha contra la injusticia y la opresión. Robin Hood, en Inglaterra, Chucho el roto, en México y Jesús Malverde, en Sinaloa son ejemplos de este tipo de personajes que, pese a que sus acciones fuesen ilegales, son vistos como figuras que lograron desafiar el orden establecido en nombre de los desfavorecidos. En Nuevo León, Agapito Treviño cumple con ese rol de héroe popular: el personaje histórico es asimilado a su modelo mítico. Tras largo tiempo de persecución, Fue capturado en Roma, Texas y fusilado en Monterrey el 24 de julio de 1854.

En varios municipios del centro del estado se cuentan historias de Agapito Treviño, también conocido como *Caballo blanco* o el *Terror del Huajuco*; historias de sus aventuras, de sus andanzas, de sus escapatorias. La Estanzuela es un sector al sur de Monterrey donde, se dice, Agapito Treviño tenía guaridas. Hoy en día, entre tanto concreto y zonas residenciales, es difícil saber si durante las excavaciones para construir viviendas descubrieron tesoros o si quedaron ocultos para siempre. Además, como se sabe, cuando alguien se encuentra un tesoro suele guardar el secreto para no tener que lidiar con asuntos legales de impuestos ni ser objeto de envidias entre vecinos.

Cometas y eclipses

San Nicolás de los Garza

*E*so de los cometas no es cosa buena. Desde que yo tengo uso de razón, siempre han dicho que los cometas son cosas de mal agüero porque traen epidemias, anuncian calamidades. Yo solamente en mi vida he visto uno y mire que ya ando por los 80 años y no me acuerdo si pasó algo malo o no cuando ese cometa que vi hace mucho tiempo, pero a lo mejor hubo un temblor en México o una inundación, un huracán, no sé. Es que dicen que cuando aparecen los cometas vienen las calamidades. Yo me acuerdo que nuestras gentes de antes decían del cometa Halley y de otros que fueron los que provocaron la segunda Guerra mundial y otras guerras. Como esto de los cometas no es tan común entonces pues no sé si haya muchas historias. De lo que sí hay mucho es de los eclipses. ¡Ah qué malos son los eclipses!

Verá, los eclipses son cosa mala porque también anuncian calamidades, por eso cuando se sabe que cuando una mujer está encinta se tiene que poner una llave de cobre, se la cuelga en la cintura para que el eclipse no le afecte el embarazo. O también a los arbolitos frutales hay que ponerles un moñito rojo para que no se empederna o se caiga la fruta, o a los animalitos, que las vacas, que las perritas que están preñadas hay que protegerlas también contra el eclipse.

Yo lo que sí sé es que cuando mi mamá estaba chica nació un hermano de ella y nació mal, nació malito del labio que lo tenía partido. En aquellos años pues no había cirugías plásticas ni nada como para que pudieran arreglarle el problema y tampoco la familia tenía tanto dinero como para ir con un cirujano y el tío ese creció toda su vida un poco sinsilino y con el labio así y como quiera se casó, hizo su vida y sus hijos salieron bien y siempre se dijo que fue por causa del eclipse porque la mamá de mi mamá pues salió a tender la ropa, o no sé qué habrá sido, cuando había un eclipse y no sé si era de Luna o de Sol, pero son igual de malos y mi abuela se eclipsó y eso le afectó el producto que traía en su vientre y por eso el hermanito de mi mamá, o sea mi tío, nació así con ese problema.

Arturo Villa, taxista

Los cometas y los eclipses han sido, in illo tempore, *objeto de mal presagio. El pavor por los cometas es a escala global, dado que son vistos en casi todo el planeta y por eso se les asocia con eventos catastróficos que pueden afectar al mundo entero como guerras, hambruna, plagas, caída de imperios o gobiernos, el fin del mundo… sufrimiento universal inevitable.*

En cambio, el caso de los eclipses es más regional, menos universal porque cuando ocurren solamente son vistos en ciertas partes del orbe. Aunque las creencias negativas en torno a ellos son casi las mismas en el folklore de todas las culturas, sí hay manera de contrarrestar o evitar los efectos nocivos, por ejemplo, el uso de objetos de cobre como llaves o tijeras, el colocar moños (preferentemente de color rojo), portar objetos religiosos como escapularios o figuras de santos o vírgenes que sirven como protección, y también hacer rituales que varían dependiendo si el eclipse es solar o lunar, etc.

Como dato adicional: casi no hay prohibiciones o recomendaciones para ver un cometa, pero sí para ver eclipses, principalmente los de sol que pueden dañar los ojos y la vista.

San Nicolás de los Garza es una ciudad y cabecera del municipio del mismo nombre que forma parte de la Zona Metropolitana de Monterrey. En el censo de población del INEGI 2020 había 412,199 habitantes. Su fundación data del 5 de febrero de 1597 con el nombre de Estancia Díaz Berlanga, quien era escribano de Diego de Montemayor, uno de los fundadores de Monterrey. En 1634, la viuda de Berlanga vendió sus tierras a Pedro de la Garza y se le conocía entonces como estancia de San Nicolás de los Garza, nombre que prevalece. En 1830 obtuvo la categoría de Villa y el 12 de mayo de 1970 el de Ciudad.

Curanderismo, brujería, peregrinaje

Linares

*T*ú bien sabes de los centros de curanderismo aquí en Nuevo León y el más famoso obviamente es el de La Petaca, en Linares y yo no sabía de ese que tú dices, el de Albarcones allá por Doctor Arroyo, pero sí conozco Espinazo, centro del fidencismo, allá por Mina que mezcla religión y paganismo y es un centro de curación y peregrinaje. He oído hablar de Gatos Güeros, cerca de Linares y de otro centro de magia y curanderismo en Lampazos, creo que le dicen los Catujanos, y también he oído de curanderos en Santa Catarina y en Monterrey. Otro centro de peregrinaje es el de El Chorrito, en Villa Hidalgo, Tamaulipas y mucha gente de Nuevo León va para allá. Y luego ya ves ese otro caso que hubo en La Yerbabuena, acá en la Sierra Madre, no sé exactamente por dónde fue, creo que del lado de Tamaulipas, pero fue también centro de culto y rituales y demás. En fin, debe haber otros diseminados por ahí que no son tan famosos a nivel estatal y menos nacional.

De lo que sé, La Petaca es un caso excepcional por los muchos curanderos famosos que han vivido allá. Hay que tomar en cuenta que luego dicen que son brujos o brujas, pero mejor nos quedamos con lo de curanderos porque por eso la gente los procura. De La Petaca, los nombres más famosos en años recientes han sido doña María, doña Licha y en uno de tus libros me acuerdo que mencionaste a don Irineo y a doña Elena, pero no sé de cuándo hayan sido esos dos. Y de Linares sabemos de don Luisito, de don Demetrio, de don Pedro Contreras, de doña Herminia y la pregunta es ¿por qué en la región de Linares se dio esta confluencia de curanderismo (y entre paréntesis ponemos brujería porque pues es parte integral de este tema) o sea, por qué Linares? No sé si haya teorías de que en la época prehispánica allí ya era centro de chamanismo. Supongo que hay algo de eso porque, se dice o se sabe, los curanderos son herederos de una tradición ancestral y pasan sus conocimientos de generación en generación; no necesariamente a los hijos, sino a sus aprendices. Y de La Petaca, ¿quién fue el primero? ¿Habrá algo documentado? Hay leyendas, sí, pero yendo más allá de la leyenda, el hecho es que desde quién sabe cuándo ha sido un centro de curanderismo, o sea que históricamente no tenemos una fecha de inicio mientras que en Mina, por ejemplo, sí la tienen cuando llegó y se estableció el Niño Fidencio, pero no hay fecha de caducidad, aunque él ya falleció y el centro de peregrinaje y curanderismo sigue vigente, pero es otro tema. De La Petaca, ¿sabes quiénes han seguido la tradición de doña Licha, de doña María, las últimas dos grandes curanderas famosas? Seguramente hay nuevos curanderos porque, aunque los tiempos cambien, algunas tradiciones permanecen.

Martel A. Martínez

En este relato, que parece un recorrido memorioso de curanderos de La Petaca y de Linares, además de algunos centros de sanación o de peregrinaje en Nuevo León y Tamaulipas, sobresale la mención de que curanderismo y brujería son temas distintos, aunque suelen ser tomados como paralelos o sinónimos. Lo cierto es que, se dice, muchas veces el curandero invoca a espíritus o fuerzas sobrenaturales afines para ayudar a alguien y eso puede ser tomado como chamanismo o incluso brujería.

Sebastián Villegas Cumplido fundó la Villa de San Felipe de Linares el 10 de abril de 1712, nombrándola así por el santo patrón de la localidad, san Felipe, y por el virrey Fernando de Alencastre, duque de Linares. Se le concedió el título de ciudad el 19 de mayo de 1777, cuando se creó el obispado de Linares y el cabildo eclesiástico que cambió de sede a Monterrey en 1808.

El milagro de un obispo

Monterrey

Leyendas de aquí de Monterrey… en mi familia cuentan una historia de un señor que era compadre de mi abuelo, un hombre de buenas familias regias, un hombre muy trabajador y respetado.

Mucho antes de que existiera el casino, a ese señor le daba por jugar cartas y había un lugar donde se juntaban los hombres a jugar aquí en el centro que es ahora el Barrio Antiguo; no sé si era como algún centro social o la casa de alguien o, a lo mejor, era cantina. El asunto es que ahí los señores se juntaban y jugaban a la baraja y pues este señor era como todos, se reunía a hacer vida social, y jugar era parte de socializar. Pero en alguna ocasión, como dicen "el juego es mal consejero", empezó a apostar más y más y aunque de repente ganaba, más perdía y de ser un hombre rico por venir de buenas familias y de buenas herencias, y además tenía sus negocios que no sé de qué hayan sido, empezó a perder, que primero perdió un terreno y luego apostó un rancho y luego apostó el ganado y perdía y perdía hasta que un día pues apostó la casa y también la perdió. Lo único que le faltó fue apostar la mujer porque en otras historias de mala jugada terminan apostando a la mujer y la pierden también. Este señor no llegó a tanto, pero juró retirarse de la jugada y rehacer su vida. Recurrió a sus amigos, entre otros a mi abuelo, que era su compadre –que no sé por qué eran compadres, pero pues eran compadres– y pues todos de alguna manera lo habrán apoyado o no, pero el hecho es que sus deudas eran muy grandes. Por haber perdido la casa lo echaron de ella y a la familia también. Pues eso también me supongo que le trajo problemas familiares, te puedes imaginar que la mujer se fue a vivir con los hijos a la casa de sus papás y ahí lo dejo a él, que los hijos dejaron de hablarle, que muchos amigos le habrán retirado la amistad y cosas así. Entonces este hombre pues decidió lo que muchos deciden cuando están en una situación tan desesperada: irse por la puerta falsa. Estaba entonces dándole vueltas a su idea de suicidarse hasta que en unos días de lluvias que el río estaba bastante crecido pues lo más fácil era caminar al puente San Miguelito y aventarse para que se lo llevara la corriente. Pero resulta que iba caminando ya decidido a terminar con su vida cuando pasó enfrente de la catedral y estaba afuera el obispo. El obispo lo reconoció y los saludó de lejos y el hombre se hizo como que no lo vio ni lo oyó y siguió caminando, pero le dio cosa de no haber tenido la cortesía de saludar al obispo, así que se regresó y entró al atrio y el obispo lo recibió con brazos abiertos y le dijo: "¿A dónde vas con tanta prisa, hijo mío?". El señor no le dijo cuáles eran sus propósitos, pero le dijo que tenía que hacer un mandado del otro lado del puente. Algo habrá notado el obispo en sus ojos, en su mirada, en su comportamiento, no sé, algo notó el obispo y le dijo: "Pásale, hermano, ven conmigo". Pero en vez de entrar a la iglesia, lo invitó a su oficina y ahí el obispo sacó una botella de vino –que seguramente no habrá sido de consagrar– y le dijo: "Toma conmigo una copita y cuéntame tus penas. Confiésate si quieres o nomás platicamos". Y el hombre pues creo que sí se confesó y se arrepintió de sus deseos de quitarse la vida. El obispo lo aconsejó y le dijo: "Mira, ven todas las tardes a estas horas por una semana y aquí platicamos, y en todos estos días has algo de provecho para que vayas consiguiendo dinero y recuperes tus cosas y pagas tus deudas y, más importante, recuperes a tus seres queridos, Y sí funcionó; el hombre dejó sus malos deseos, dejó la jugada y volvió a ser un hombre de bien.

Lo curioso de esta historia, según la cuentan en mi familia, es que decía mi abuelo que en ese tiempo el obispo no estaba aquí en Monterrey –andaría en México, no sé en dónde. El caso es que el obispo no estaba presente y comoquiera ayudó a este señor. Podríamos decir que era como el ánima del obispo que se materializó para ayudar a este hombre a salir de sus problemas y fue como un milagro.

Marcelo Cantú, ingeniero civil

En leyendas religiosas, se cuenta que los clérigos de alto rango cuentan con la gracia divina para obrar milagros, lo cual refuerza su autoridad y conexión con lo celestial. Este poder se manifiesta en diversas formas y contextos, por ejemplo: el poder de sanar enfermedades físicas o mentales, el poder de bendecir objetos, personas o lugares, imbuyéndolos con protección divina, el poder de exorcizar espíritus malignos o demonios, el tener poderes sobrenaturales como detener una tormenta o hacer llover en tiempos de sequía extrema. En el caso de este relato, tenemos también el poder de la ubicuidad, es decir, la capacidad de estar en dos o más lugares al mismo tiempo. Milagros como estos consolidan la fe de los creyentes y también sirven como prueba tangible de la presencia y el poder de lo divino en el mundo.

Diego de Montemayor fundó esta ciudad el 20 de septiembre de 1596 y le dio el nombre de Nuestra Señora de Monterrey, en honor a Gaspar de Zúñiga y Acevedo, conde de Monterrey y virrey de la Nueva España de 1595 a 1603. Por casi tres siglos fue una población aislada del progreso de la Nueva España y también del país, pero gracias a su cercanía con la frontera de Estados Unidos y por ser paso estratégico en las rutas comerciales, tuvo su gran desarrollo a finales del siglo XIX y durante todo el siglo XX, convirtiéndola en la segunda o tercera ciudad más importante de México, importancia que disputa con Guadalajara. Es capital del estado desde el 7 de mayo de 1824, cuando se constituyó el estado de Nuevo León.

Una serpiente descomunal

Vallecillos

—Como yo no soy de aquí, por eso no sé cosas de las leyendas que usted anda preguntando. Pero, bueno, sí ahí luego la gente platica cosas, que por ejemplo ahí en la iglesia (dedicada a San Carlos Borromeo), o sea que afuera de la iglesia se aparece una novia y también ahí en el campanario que sale una viejita. Son cosas que cuenta la gente, pero yo nunca he visto nada ni he escuchado nada así que sea raro.

—¿Este fue un lugar minero, ¿no?

— Sí, aquí hubo minas, pero ya hace muchos años que nadie las trabaja. Cuentan que eran minas muy ricas, pero entiendo que se agotaron y por eso la gente se fue. El pueblo se quedó solito, solito y ya poco a poco ha ido llegando gente nueva —como yo— y vamos haciendo nuestra vida aquí. Casi toda la gente vino de otras partes; que yo sepa no hay nadie de los de antes, de los que trabajaban la mina.

—¿Sabe alguna historia o leyenda de las minas de aquí?

—Hay una historia que cuentan de que en las ruinas de la mina Madre se apareció una víbora gigante que se llevaron a un museo en México —eso cuentan. Dicen que era una víbora gigante porque se tragaba a los mineros completitos, que vivía adentro de un socavón y de repente nomás salía y se tragaba a los pobres infelices que andaban trabajando adentro. O sea, que debía ser una víbora gigante para que le cupiera el cuerpo entero de un minero. Imagínese nomás...

—Oí algo similar acá por los rumbos de Lampazos. ¿Y qué pasó con esa viborona?

—Sí, había una mina en Lampazos, creo que Boca de Iguanas se llamaba. Pero de la víbora de aquí, parece que finalmente la atraparon y hasta tuvieron que meter un tráiler hasta la mina Madre –dicen que el camino está muy feo– para poder meter a esa viborota. Así de grande estaba esa víbora que le digo. Y luego ya se la llevaron a México y parece que sí la tienen en un museo porque era un animal raro por lo grande que estaba.

—¡Sabe a cuál museo o zoológico la habrán llevado?

—No, la verdad no sé a dónde la habrán llevado. Hay una señora aquí, doña Luli, la mujer de don Quico, la que se sabe esa historia, pero creo que ayer se fue a Laredo a ver a unos familiares, sino ella le podría contar con detalles esa historia…

María del Socorro,
comerciante originaria de Guadalajara

Las serpientes gigantescas son figuras recurrentes en las leyendas y el folklore de diversas culturas alrededor del mundo. Su carácter es dual, pues pueden ser protectoras o destructivas. Esas criaturas suelen simbolizar el poder, el misterio y el peligro de las fuerzas naturales que el ser humano no puede controlar. Como ejemplos tenemos la Boiúna o Gran serpiente del Amazonas que, se dice, habita en las profundidades de los ríos y lagunas amazónicas. En la mitología nórdica tienen a Jörmungandr o Serpiente de Midgard o Serpiente del mundo, un reptil descomunal que rodea el planeta Tierra. En mitología egipcia tenían a Apofis. En el folklore de Malaui tienen a Napolo como una criatura similar que representa las fuerzas naturales, poderosas e incontrolables.

En 1776 fueron descubiertas las vetas de cobre y plata y dos años después se fundó el Real de San Carlos de Vallecillo, el cual fue elevado a villa por la Constitución Española de 1812. En 1825, el Congreso del Estado confirmó esa categoría. En el censo del INEGI de 2020, se registró una población de 1,552 en todo el municipio, siendo uno de los menos poblados en todo el estado de Nuevo León.

Otros libros del mismo autor:

Historias y leyendas de San Miguel de Allende / Stories and Legends of San Miguel de Allende. Edición bilingüe / Bilingual Edition. 1ra. edición: SMA, Guanajuato. 2025.

El pueblo festivo. 1ra. edición: Cuernavaca, Morelos. 2024.

Mitos y leyendas del norte de México. 1ra. edición: CdMx. 2024.

Mitos y leyendas de Nuevo León. 1ra. edición: SMA, Guanajuato. 2024.

Catorce voces por un Real. 2da. edición: SMA, Guanajuato. 2024.

Misterios - leyendas de San Luis Potosí. 2da. edición: SMA, Guanajuato. 2024.

Haciendas del Altiplano. Historia(s) y leyendas. Tomo I. Grandes latifundios virreinales. 2da. edición: SMA, Guanajuato. 2024.

Mitos y leyendas de huachichiles. 3ra. edición: SLP. 2026.

Creencias, mitos y leyendas de animales. 2da. Edición: SMA, Guanajuato. 2024.

Haciendas del Altiplano. Historia(s) y leyendas. Tomo II. De la Independencia a la Revolución. 2da. edición: SMA, Guanajuato. 2023.

Mitos, relatos y leyendas de todo San Luis Potosí. 2da. edición: SMA, Guanajuato. 2023.

Mitos, cuentos y leyendas de Nuevo León. Regiones Citrícola y Sur. 1ra. edición: Guadalajara, Jalisco 2022.

NORESTE

TAMAULIPAS

Jaguarundi

Foto tomada de:
https://inaturalist-open-data.s3.amazonaws.com/
photos/83401845/original.jpg

El leoncillo

Sierra de San Carlos

Si viera qué bonito animal es el leoncillo. Chiquitillo, cola larga, largo, astuto y muy correlón, eso sí. Aquí en toda la sierra Chiquita* se da mucho. Y viera que casi nadie lo mata; no porque no quieran cazarlo, pero como es muy escurridizo, *pos* los cazadores no pueden con él. Yo he andado con gente que le ha tirado al leoncillo, y no lo matan, no señor. Que la bala pega abajo, que pega arriba, que a un lado, pero al leoncillo no le pegan, no le pegan. Sabrá Dios por qué será, pero yo me figuro que es porque es un animalito bueno y el espíritu del monte lo cuida.

Eso es. El leoncillo no es malo. Él anda solo en el monte, buscando qué comer, pero no se arrima a los corrales, ni ataca a las cabras o a las vaquillas sueltas. No es como el león (puma) o el coyote que nomás se pican y ¡ah qué friega nos ponen! Se llevan gallinas, chivitas, borregas, ganado, y si el hambre arrecia, hasta a un perro se han de comer. Pero el leoncillo come liebres, conejitos, ratas de monte, iguanas y cuanta cosa encuentra, pero nada de corral.

Pero le voy a decir una cosa: cuando el leoncillo se deja ver es porque algo va pasar. A lo mejor llueve, o va hacer frío, o el que lo vio le va llegar razón de un familiar lejano; cualquier cosa. El leoncillo anuncia cosas, cosas buenas, por eso sale ahí nomás muy de vez en cuando.

Gilberto Treviño, pastor

Sierra Chiquita es el nombre regional que se le da a la sierra de San Carlos, la cual se extiende por los municipios de Burgos, Cruillas, Jiménez, San Nicolás y San Carlos.

*El jaguarundi (*Herpailurus yagouaroundi*) es un felino que habita principalmente en América del Sur, pero también se encuentra en algunas zonas de los sistemas montañosos mexicanos. Por ser un animal solitario y sigiloso, que tiene la habilidad para moverse rápidamente a través de la vegetación densa y por el tono de su pelaje que puede variar de gris oscuro a marrón o rojo intenso, dependiendo de las circunstancias, se cree que tiene la capacidad de mimetizarse o desaparecer.*

En este breve relato se mencionan tres características del jaguarundi dentro del folklore: guardián de los bosques, mensajero y transformación o cambio cuando su presencia presagia eventos inusuales o cambios climáticos.

El 6 de julio de 1766 se fundó San Carlos Borromeo gracias a los yacimientos descubiertos en la sierra. El crecimiento de la población fue vertiginoso, pues para 1769 se convirtió en capital de la provincia de la Nueva Santander, categoría que ostentó hasta 1811, cuando fue trasladada a Villa de Aguayo, hoy Ciudad Victoria. En 1869 a San Carlos se le cambió el nombre por el de Arteaga, el cual sólo se utiliza para fines oficiales, pues el nombre popular prevalece.

JUAN CAPITÁN

CIUDAD VICTORIA

Juan Capitán, cacique pisón, fue el último que se opuso a la colonización de la Nueva Santander, pero sucede que por aquí transitaban los colonos que venían de Querétaro y San Luis Potosí y él los hostigaba, los mataba y les quitaba sus pertenencias. Éste era el camino original en la época de la colonia, o sea que los viajeros pasaban por las partes bajas, pero a finales del siglo XIX fue cuando se construyó el camino real, por Cumbres Altas.

Pero, bueno, como en aquellos años cargaban con oro, entonces es posible que la gavilla de Juan Capitán haya escondido muchas riquezas en las cuevas. Sucede que él tenía un hermano llamado Diego, que también era un cacique pisón, y cada quien tenía sus huestes, dominio de ciertas áreas, cierto número de guerreros y sus tierras bien delimitadas. Entonces como Diego era muy ambicioso, él sí se doblegó a José de Escandón. Es que José de Escandón le prometió que "Si cazamos a tu hermano, tú vas a ser el cacique, el dueño de todas estas tierras," y como Diego conocía todos los recovecos, todos los lugares donde asistía Juan Capitán o donde se podía estar escondiendo, entonces le pusieron una encerrona, le pusieron un cuatro y así fue como lo capturaron. Se cuenta de que cuando lo encontraron y lucharon contra él murieron cientos de soldados y ahí murió también Juan Capitán.

Se dice que en aquellos años por cada indio que caía ahí ponían un montón de piedras, en tanto que el mero sitio de la batalla se le dio a conocer como "el cementerio de las piedras". Desafortunadamente, con el paso de los años y la civilización, llega la ganadería y así empezaron a mover las piedras y ya no quedan vestigios de dónde cayeron muertos los indios y Juan Capitán.

Entonces todo esto va a que cuando estaban empezando a construir la carretera** salió un tesoro muy importante. Fue en el kilómetro 17 donde encontraron un arcón lleno de lingotes de oro, puro lingote español, antiguo. Yo me di cuenta porque mucho antes nosotros éramos cuatro que anduvimos buscando ese tesoro. El problema es que como éramos cuatro no pudimos dar con él, ya que en esto deben de ser máximo tres para poder hacer el triángulo. Cuando hay más de tres se forma otro tipo de fuerza y, además, hay envidias. Tienen que ser tres porque en eso hay algo de parapsicología, de magia.

En agosto de 1995 trajeron a unos indios huicholes para que hicieran un rito allá en Balcón de Moctezuma. [...] Ándale, en el mero sitio arqueológico. Y el rito era más que nada para poder encontrar el tesoro. Como parte del ritual utilizaron gallinas negras y hasta un macho cabrío. En noviembre es cuando encontraron el arcón, pero aun siendo un tesoro muy grande no es todo lo que hay en estas sierras porque Juan Capitán ocultó muchísimas riquezas por todas partes.

Celestino Carrizales,
guía de turismo alternativo y explorador,
de Altas Cumbres, municipio de Ciudad Victoria

De acuerdo con algunos apuntes históricos, Juan Capitán fue un cacique pisón que hacia finales del siglo XVIII o principios del XIX lideró la resistencia contra la colonización española en la región de la Sierra Madre Oriental cercana a lo que hoy en día es Ciudad Victoria, Tamaulipas. Una de sus estrategias era controlar el tránsito en el cañón del arroyo que ahora se conoce como Juan Capitán, que era paso natural y obligado de los viajeros y el comercio transportado en diligencias. Su resistencia fue sofocada por los ejércitos españoles apoyados por Diego Capitán, hermano de Juan Capitán y, posiblemente, por huestes de traidores pisones o de nativos xanambres que conocían bien los rincones de la sierra.

En las leyendas regionales se recuerda a Juan Capitán como un símbolo de la lucha indígena contra la colonización y la defensa de sus tierras y cultura y también por los tesoros que supuestamente escondió en la sierra.

** Carretera serrana Rumbo Nuevo, inaugurada en octubre de 2003.

En este relato destaca la mención del número tres —tres exploradores en lugar de cuatro— para lograr un objetivo, dado que el tres es un número muy simbólico en la mitología y el folklore universal.

La Villa de Santa María de Aguayo fue fundada el 6 de octubre de 1750 por José Escandón y Helguera, conde de Sierra Gorda. Ya con México independiente, después de entrar en vigor la primera Constitución, el 20 de abril de 1825 fue elevada a capital del estado de Tamaulipas con el nombre de Ciudad Victoria, en honor a Guadalupe Victoria, el primer presidente del México.

Paisaje de cascadas de Boca de Juan Capitán

Foto tomada de:
https://mxc.com.mx/2024/01/20/cascadas-de-boca-de-juan-capitan-el-destino-ideal-para-experimentar-la-naturaleza-tamaulipeca/

La serpiente en la presa

Presa Vicente Guerrero, municipio de Padilla

¿Si te han platicado eso de que allá en la presa de Padilla se aparece una serpiente en medio del agua? [...] Bueno, entonces déjame contarte lo que a mí me contaron para que agregues esta historia en uno de tus libros.

Resulta que una vez se fueron unos cuates de aquí de Monterrey a pescar allá a la presa de Padilla. Tú sabes, hay raza que, a falta de futbol, fácil encuentra cualquier pretexto para irse de fin de semana y de parranda entre cuates, ¿no? Total, estos chavos se llevaron una lancha y llegaron a la presa el viernes en la tarde. Levantaron las tiendas de campaña, prendieron una fogata y ahí se la pasaron echándose sus chelas y platicando y en el relajo de buenos amigos. En la mañana salieron temprano en la lancha a pescar y se fueron hasta el centro de la presa porque alguien les había dicho que los robalos son más grandes mientras uno está más lejos de las orillas, de donde hay más pescadores. Entonces ahí estuvieron y sacaron unas buenas carpas –buenas para el ceviche, nada más– y unos robalos chiquitos. Como llevaban comida, ahí se quedaron hasta tarde y sí sacaron unos robalos grandes.

Ya cuando decidieron regresar al campamento y hacer pescados a las brasas, pues resulta que de repente uno de los chavos gritó: "¡Miren allá! ¡Hay una víbora de cascabel en el agua!" Como te has de imaginar, obviamente se trataba de un evento muy extraño porque todo mundo sabe que las víboras de cascabel son terrestres y raras veces se meten al agua, si acaso a la orilla nada más. Como todos vieron esa serpiente, apagaron el motor para poder observar ese fenómeno con más calma. Nadie decía nada, estaban bien clavados, absortos. Entonces, sin más ni más la víbora se irguió en el agua ¡hasta que quedó completamente vertical sobre su cola! Eso sí que está fuera de toda lógica, ¿no?

Después de un rato, la víbora se dobló y se zambutió en el agua para desaparecer de la vista de esos pescadores. No, pues te habrás de imaginar, estos chavos regresaron y les contaron a otras personas que habían visto a una víbora de cascabel parada en su cola en el agua. Nadie les creyó, obvio, porque ya sabes que los pescadores, así como los cazadores, son buenos para contar historias fantásticas que ni entre ellos se las creen. Pero sucedió que ahí estaba un viejo pescador recogiendo sus cosas y él les dijo a estos chavos que a él también le había tocado ver esa misma víbora poco después de que se inundó la presa en los años 70; y que la descripción era exactamente igual: una víbora de cascabel que se para sobre su cola en el medio de la presa. Entonces algo ha de haber de cierto, aunque parezca más fantasía que anécdota.

Alejandro Adame Martínez,
director de ventas en Monterrey

La imagen de serpientes que se yerguen erectas en un cuerpo de agua no es común en el folklore universal por lo que éste puede tomarse como relato único. Lo que sí es sabido es que las víboras, como las de cascabel, pese a ser terrestres pueden meterse a ríos, presas o lagos y desplazarse como si nadaran.

La Villa de Padilla fue fundada el 6 de enero de 1749 por José Escandón de Helguera. Fue la primera capital del estado de Tamaulipas, de julio de 1824 a enero de 1825. El 19 de julio de 1824 allí fusilaron a Agustín de Iturbide, el primer emperador de México. En 1970 se construyó la presa Vicente Guerrero, cuyas aguas cubrieron Padilla y los pobladores fueron reubicados a Nuevo Padilla.

Luces misteriosas en el mar

Tampico

Pues mire, señor, eso de las luces que se ven en el mar, casi enfrente de la playa aquí del malecón de Tampico y también en la playa de Miramar (en Ciudad Madero), no son embustes porque yo las he visto, mi mujer las ha visto, mis hijos las han visto y mucha gente la han visto. ¿Qué son? No sabemos, nadie sabe. Hay muchas creencias, o sea teorías, muchas cosas que la gente inventa, que si son platillos voladores, que sí son cosas de fenómenos del mar, que si existen ciudades en el fondo del mar, que hay plataformas submarinas como aeropuertos; hay muchos explicaciones que la gente quiere dar, pero no hay ninguna que diga: es esto y ¡punto!

Mire, desde que yo era chamaco las hemos visto esas luces y me acuerdo de que mis papás platicaban que todo empezó por los submarinos alemanes cuando la Guerra Mundial, pero los abuelos decían que no, que esto viene desde mucho antes porque ya se veían esas luces misteriosas que salen del mar. O sea, ¿desde cuándo? Vaya usted a saber.

Esas luces se ven de noche, o sea en el día pues a lo mejor uno puede ver así como algo que vuela, como si fuera un aparato, un avión o ahora que los drones que andan para tomar fotos, o sea que de día se ven así como cosas chiquitas, pero en las noches las luces son fuertes, más grandes que un fanal y entran al mar así como de picada, pero no se oye nada y luego salen del mar y vuelan, se van muy rápido. Y hay veces que no son ni dos ni tres; son muchas. ¿Qué son? No sé.

Otra cosa que sabemos aquí y en Madero también es que es muy curioso que cuando vienen los huracanes aquí se desvían, no tocan tierra en la zona de Tampico porque, dicen, se desvían por causa de los pueblos sumergidos, o sea que los seres inteligentes que viven adentro del mar ellos desvían los huracanes para que no se afecten sus ciudades o lo que sea, eso dicen. Y otra cosa: dicen que la laguna El Carpintero está encantada y que gracias al encanto Tampico está protegido de los huracanes. No sé qué tan cierto pueda ser, pero lo que sí es cierto, por ejemplo, cuando llegó el huracán Beulah (1967), el Anita (1977), el Gilberto (1988) y, más acá, el Álex (2010) que pegaron duro, no entraron al puerto de Tampico, se desviaron por aquí cerca y entraron a tierra más arriba. Las trayectorias de esos huracanes que le digo y otros venían directito a pegar en mero Tampico, pero se desviaron cuando ya estaban muy cerquita. Entonces dicen que los desvían los seres inteligentes que tienen esa tecnología y de platillos voladores también.

Mire, si le interesa el asunto, búsquele en Internet que hay mucha información y muchos documentos serios y falsos también, muchos videos. Aquí los periódicos han hecho reportajes y están ahora en Internet –mis hijos me los han mostrado. Sea lo que sea y lo que yo le puedo decir es de que las luces yo las he visto y por eso digo que sí existen, de que los huracanes no pegan, no pegan y por qué será, no sé.

Sebastián Treviño Salas, jubilado

Las luces misteriosas que desde hace décadas se han visto en las costas de Tampico y los alrededores han generado un sinfín de leyendas urbanas, de hipótesis sobrenaturales, de teorías de conspiración, de Amupac —una ciudad alienígena subacuática—, etc. y una de las pocas explicaciones científicas apunta que puedan tratarse de bioluminiscencias provocadas por organismos en el mar. Este tipo de fenómenos son comunes en muchas costas del mundo y también han dado origen a muchas creencias, explicaciones y leyendas.

El 26 de abril de 1554, el virrey Luis de Velasco concedió la petición de fray Andrés de Olmos para fundar la Villa de San Luis de Tampico. Debido a las incursiones de piratas, la villa fue reubicada varias veces hasta que en enero de 1754 se trazaron las primeras calles de Tampico Alto Veracruz. En 1823 se estableció Santa Anna Tampico al norte del río Pánuco en la ubicación actual de la ciudad y el puerto.

Rituales en La Yerbabuena

Villa Mainero

Para mi familia fue muy traumante lo de La Yerbabuena. La hermana menor de mi papá consiguió trabajo allá con los Hernández, que eran dos hermanos de los aleluyas que contrataban muchachas para que hicieran el aseo en las cabañas, también en las cuevas donde hacían misas y terminaron abusando de ella, de todas esas muchachas abusaron esos hermanos y todos los hombres que pagaban por vivir allá. Lo más traumante es que a mi tía la quemaron viva, se la comieron.

Anónimo, vecino de Villa Mainero

Aquí ya no pasa nada; con decirle que hasta los espantos ya se acabaron; antes la gente decía muchas cosas y eran de verdad porque uno mismo veía luces y escuchaba los ruidos de la noche. Una vez a mí me toco oír a la Llorona –ya andaban diciendo que pasaba por el río–; esa vez andaba yo en el molino de tiro. Era invierno y soplaba el viento cuando oí el lloriqueo de la vieja esa; nomás se me enchinó el pellejo del puro susto, y hasta los perros ladraban todos nerviosos, y mire que hasta la mula del molino brincaba. Pero todo se acabó, ahora ya tenemos luz, hay más bailes y televisión y la gente se acuesta tarde. Será que se acabaron los espíritus, quién sabe.

Donde sí se oía decir que la cosa estaba fea era allá por El Pilón, en un lugar que mentan La Yerbabuena. Cuentan que allá hay un tesoro muy grande en una cueva y que unos gringos llegaron una vez. Serían ellos gente mala o como esa de la religión que nomás andan convirtiendo gente, pero esos les decían a los rancheros que para poder sacar el tesoro aquél tenían que sacrificar gente. Se me hace que era *güelo* viejo (el Diablo) el que andaba detrás de todo esto porque ¡ah cómo hubo gente muerta en ese entonces!

Fíjese que quemaban a la gente viva; sí, tenían que quemar a alguien para luego bañarse con las cenizas y meterse protegidos a la cueva. Y también tomaban sangre de gente. Hasta dicen que un muchacho de aquí quemó a su madre. El pobrecito quedó todo zurumbato. No encontró dinero y sí se quedó sin su madrecita –que Dios la tenga en el cielo.

La cosa se puso retefea. No pasaba día sin que supiéramos que quemaron vivo a Fulano o a Zutano. Y decían que las gentes de allá estaban bien cargadas de carabinas, pistolas y fusiles con bastante parque. *Pos* tenían que defender lo suyo, ¿no? Resulta que un día llegaron los de la judicial y que se arma el desgarriate. Hubo muertos por todos lados, montonales de muertos. A muchos los apresaron y se los llevaron p'al bote –bien merecido que se lo tenían–, y mire que hallaron montones de cenizas de la gente que quemaban. Hallaron rifles al por mayor, pero nada del dinero ni brillantes, y menos encontraron la cueva fregada. Los gringos ya no estaban; no eran brutos, se habían largado hace mucho tiempo. Méndigos vividores, nomás vinieron a envenenar a la gente con sus mentiras, *quesque* un tesoro, *quesque* una cueva. No había nada, nomás puros muertos, eso sí.

Don Juanito, comerciante de
San Francisco Tenamaxtle, municipio de Linares, N.L.

---

*L*o que acá se oyó fue aquella cosa pero muy fea que pasó en La Yerbabuena, un ranchito de aquel lado, cruzando la guardarraya con Tamaulipas. Decían que hubo una matazón de gente porque el jefe de ellos estaba congeniado con el Diablo; algo así decían. Desde que yo estaba chamaco ya decían de eso, pero también decían que parece que había una cueva de los indios, con figuras del Diablo que hacían los indios, pero que ya no vivían indios. La gente que mataron allá era gente nueva, de ahora, de los ranchos de por acá, gente que se fue a vivir allá porque el jefe era de la religión y se los ganó con sus mentiras. Pero luego acabó mal la cosa porque se iban matando entre ellos y se comían a los muertos. Sí, eso decían, que comían la carne humana. Cuando luego llegaron los soldados había huesos por todos lados y cenizas porque hacían fogatas para quemar a los muertos y comérselos. No, muy feo eso y mire que a nosotros no nos tocó ni verlo de cerquita; puras pláticas porque pasó hace un chorro de años.

Manuel Rodríguez, comerciante
de Cuevas, municipio de Iturbide, N.L.

No me acuerdo del año, pero fue allá por el sesentaitantos que don Luisito me pidió que lo acompañara a un lugar famoso, La Yerbabuena, en la sierra de Mainero. Yo estaba raboncillo y acompañar a mi maestro a un viaje así fue para mí mi primera gran aventura. Don Luisito no era muy dado a explicar sus ideas, y su conocimiento lo transmitía con acciones. Estuvimos en La Yerbabuena dos días y una noche y yo casi no hablé con nadie porque don Luisito me pidió que nomás observara; así era su manera de enseñar.

El día, los días que estuvimos allá, todo parecía normal, con gente muy amigable viviendo en una comunidad, trabajando la tierra, cuidando los animales, compartiendo alimentos, ayudándose. Pero la noche... No me pregunte mucho porque no puedo describirlo bien y lo que vi no sé si fue real o un sueño, un sueño muy raro, pero no de pesadilla. Cuando tomamos el camión de regreso y por muchos días, don Luisito no quiso hablar de ese viaje, de lo que vimos allá, como si le hubiera afectado tanto como creo que me afectó a mí.

La noche... ¿Me creerá que vi gente bailar desnuda alrededor de una fogata? ¿Me creerá que vi cómo degollaban chivas o gallinas y se untaban la sangre fresca en sus cuerpos desnudos? ¿Me creerá que vi volar a hombres y mujeres de un árbol a otro? Ni don Luisito ni yo aceptamos tomar un brebaje que nos ofrecieron –algún tipo de droga, pienso ahora–, pero yo vi eso y más. Él vio eso y más.

Lo que luego supimos que pasó en La Yerbabuena es un tema difícil de tratar. Estafa y fraude económico para los ilusos, con orgías como atractivo. Sacrificios, canibalismo, ritos satánicos y muchas cosas más. Yo estuve allí, pero no estuve. Sí me entiende...

Demetrio Velázquez, artesano de Linares, N.L.

Idolatría, antropofagia o canibalismo y sacrificios humanos son actos rituales que se ejecutan en culturas consideradas primitivas y son temas recurrentes en la historia de la humanidad. Existen muchos estudios antropológicos en esos temas. Aunque se crea que son cosas del pasado, lo cierto es que se dan casos en el presente, como el sucedido en una comunidad serrana de Tamaulipas en los años 60 del siglo XX, donde se formó un grupo de culto o secta que involucró los rituales citados al inicio de este párrafo.

En las cuatro versiones aquí presentadas encontramos puntos de análisis y de interés. Primero: hay eventos tan escabrosos que alguien evoca sin mucha claridad, aunque sea testigo y hayan ocurrido hace pocos años. Se menciona a gente "de la religión" como manera de referirse a los protestantes en algunos lugares donde se tiene de ellos mala imagen, en parte debido a sus métodos de convertir gente a su secta religiosa. También, es común que cuando alguien no comprende algo inusual, suele achacarlo al Diablo (o incluso a "los gringos"), como manera fácil de encontrar una interpretación o a quien culpar.

La Yerbabuena es una comunidad ubicada en la Sierra Madre Oriental, perteneciente al municipio de Villa Mainero, colindando con municipios del estado de Nuevo León.

Nota: Para consultar un estudio antropológico al respecto, véase "Un culto en crisis", en el libro *Creer, beber, curar. Historia y cultura en Iturbide, Nuevo León*. De Cristóbal López, Manuel Durazo y Rebeca Moreno. Fondo Estatal para la Cultura y las Artes de Nuevo León. 1998.

www.ingramcontent.com/pod-product-compliance
Lightning Source LLC
LaVergne TN
LVHW051518170726
843492LV00006B/1576